新潮文庫

遠くの声に耳を澄ませて

宮下奈都著

新潮社版

9393

目次

遠くの声に耳を澄ませて

アンデスの声

じいちゃんにカレンダーはいらん。

祖父はよくそういって胸を張り、天を仰いだ。一年じゅう日に焼けていて、顔には深い皺《しわ》が刻まれ、手は節くれ立って大きい。口数は少なく、愛想もないけれど、不親切ではない。私が話しかければ茶色い瞳《ひとみ》に穏やかな光をたたえてじっと聞いてくれる。大きくはない身体《からだ》は引き締まって逞《たくま》しく、祖父さえいれば芯《しん》から安心することができた。

カレンダーはいらん。それは、何十年にもわたる田畑仕事の間に季節の移りかわりの刻み込まれた身体ひとつあれば、という意味だったかもしれないし、十二か月の、三十一日の、今日がどの日であろうと変わりはないということなのかもしれなかった。

祖父は生まれ育った地元からほとんど出たことがない。同じ村の幼なじみだった祖母との新婚旅行も県内の温泉だったという。それを聞くと祖母のこともかわいそうになってしまうけれど、祖父と祖母、彼ら自身は特にそれを不満に思う様子も見せず、歳《とし》をとってからも田畑仕事に精を出してきた。八十近いこの年になってさえ、お盆とお正月にしか休まない。

お正月休みとお盆休み。文字通り、年にたった二日間だけの休みだ。元日に一日、八月十五日に一日。あとは、日曜だろうが祝祭日だろうが、一日も休まない。毎朝六時には田畑に出て、お昼まで働く。いったん家に帰って昼食を食べ、短い午睡の後また田畑へ出る。帰宅は日が暮れる頃だ。お風呂《ふろ》に入り、お酒を一合だけ飲み、夜のとばロに差しかかる頃には蒲団《ふとん》に入って寝息を立てている。カレンダーなど、たしかに必要ないのかもしれない。

祖父母の間に子供は三人。もうひとり生まれたけれど育たなかったそうだ。その子も含めて上から三人男の子が続き、最後に生まれたのが私の母だった。

「末の女の子だからって大事にされた覚えは全然ないのよ」

母が話してくれたことがある。

「大事にされたどころか、田んぼの仕事毎日毎日手伝わされて、友達と遊ぶ時間もなかったわ」

母の口調はだんだん熱を帯びた。

「宿題なんかやらなくていいから手伝えって。田植えや稲刈りの忙しい時季には学校休んで働かされることもあったんだから」

そうして母は、いつしか家を出ることばかり考えるようになったらしい。

母が中学生になる頃には、周囲の様相も変わった。それまで農業収入がほとんどだった村に町から資本が入り、多くの世帯主が外へ働きに出ることになった。専業農家は減り、辺りは兼業農家ばかりになった。当時、学校のクラス名簿には名前と住所、電話番号、それに保護者の職業も載ったそうだ。そこに「農業」と記されているのが何より恥ずかしかったと、そういえば前にも聞いた覚えがある。

それでも、その農業に兄妹《きょうだい》は育てられたのだ。兄はふたりとも大学を出、妹である母は短大を出た。そして、誰も田畑を継がなかった。

なんや今日は、ええれえ。

そうひとことだけいうと、祖父は土間で頽《くずお》れたのだという。

知らせを受けて、言葉を失ったのは母ではなく私のほうだ。

「じいちゃんが」

受話器を持ったまま母を振り返り、その後は声が続かなかった。

「なに、じいちゃんが、どうしたの」

切っ先の鋭い風のような声で母はいい、私の手から受話器を取ると、電話の向こうの祖母とてきぱきと話をした。その間、私は受話器を渡したときの、片手を母のほうへ伸ばしたままの恰好《かっこう》で立ちすくんでいた。

「だいじょうぶ、意識はあるって」

電話を切ると母は殊更《ことさら》に明るい声をつくり、

「食べかけのごはん、早く食べちゃって。一緒に病院へ行くでしょ」

といった。ごはんなんか食べてる場合じゃない。そう思ったけれど、母はじいちゃんの実の娘だ。孫の分だけ遠慮が入った。母がごはんを食べてからというなら、食べてからだろう。私はぼそぼそと白米を嚙《か》んだ。

お正月に泊まりに行ったときは、ふたりとも元気だった。母と私とで前日に数種類だけつくったお節《せち》料理は、祖母の手製のどーんとした煮物や煮豆や昆布巻きに比べると、ちまちまとおままごとのような出来にしか見えなかったのに、

「違った味が入るとそれだけで賑《にぎ》わうのう」

と祖母は目を細めた。祖父は黙って食べていた。

考えてみれば祖父ももうすぐ八十だ。身体の具合の悪いところがあったとておかしい歳ではない。そう頭では思っているが、そんなはずがない、と胃が跳ね返している。じいちゃんが倒れるわけがない、と心臓が強く訴えている。

「とうさんも、もう八十だから」

白い軽自動車の運転席で母がいい、

「そうだよね、じいちゃんも八十なのかもしれないね」

と私はいった。わけのわからない返事だと自分でも思う。じいちゃんが倒れたなんてやっぱり何かの間違いだという気がしている。

祖母から知らせを受けたとき、目の前にぱっと広がった光景があった。古いファイルがクリックされ、カチッと動画が開かれる。そんな感じだった。ファイルがあったことも忘れていた。ずいぶん長く更新されることもなかった。それなのに、こんなに鮮やかだ。

青い空をバックに高い山がそびえ、裾野《すその》から澄んだ湖が広がっている。湖の畔《ほとり》には赤い花が咲き乱れ、そこに群がるように虫や小さな鳥が羽ばたいている。

その鮮やかな映像は、浮かんだときと同じくらい唐突に姿を消し、あとは頭を揺すってみても目を閉じてみても、うっすらと残像が浮かぶばかりで焦点を合わせることはできなかった。

どこだろう、と私は車の助手席で考えた。いつか、たしかに見た景色だ。でも思い出せない。あの高い山は、富士山だろうか。印象としては、もっと鋭角で、高い。手前の湖と、畔に群生していた赤い花は、と思いを馳《は》せたとき、何か別の赤い花が記憶の底から浮かび上がってくるのがわかった。

子供の頃、私は二度、母以外の人と暮らしたことがある。一度目が祖父母だった。子細を覚えているわけではない。預けられた事情も、時期も、期間も、確かめていない。私は母と離れ、田舎の大きな家で祖父母と暮らした。

その軒先から見渡せる田畑を今でもくっきりと思い浮かべることができる。あれは、まだ小学校に上がる前の、たぶん春先だ。

母が手を振って去っていった後の縁側に私は腰かけていた。庭といっても農作業をするのに必要なだだっ広い場所で、そこには子供の喜びそうな色味のあるものなどひとつも見つけられそうになかった。

庭に積み上げられた薪《まき》をぼんやり眺めていた私は、そのずっと向こうに何かがあることに気づいた。風が吹いたとき、何か色のついたものが動いた気がしたのだ。私は立ち上がり、垣根の向こう側一面に赤紫が広がっているのを見た。縁側から滑りおり、踏み石の上に並べてあった履き古された草履をつっかけた。そうして庭の端まで駆けていき、垣根の隙間《すきま》から伸び上がって向こうをのぞいた。

そのとき眼前に広がった光景が、今、ゆらゆらと立ち上ってきている。

曇った早春の空の下に赤紫色が風に揺れていた。ぱちんと世界が切り替わったような、そこだけが生きて動いているような見事な赤紫だった。

「あれか、あれはレンゲ草や」

庭先に出てきた祖父が教えてくれた。どうやらそれは赤紫色の花らしかった。

「あんなもんのどこがめずらしいんや」

そう首を捻《ひね》った祖父も、

「じいちゃんちはお花畑があっていいね」

私に跳ねまわられて、やがてつられて笑顔になっていった。

「瑞穂《みずほ》の好きなだけ摘んでいいよ」

祖母もにこにこうなずいた。私は夢中になって抱えきれないほどのレンゲ草を摘んだ——はずだ。正直にいうと、摘んでいるときのことは覚えていない。祖父がいて祖母がいて、あたり一面の赤紫とむせかえるような土の匂《にお》いがよみがえるだけだ。

花は楽しみのために作っているのではなく、田んぼの土の栄養のために裏作で植えられているのだとずいぶん後になってから知った。あの赤紫は、田植えの時期になると鍬《くわ》で土の中に鋤《す》き込まれてしまうという。


いっときだけ、父とも暮らした。母と私の家へときどきやってくる父は遠い街に住んでいた。そこへ、母と共に引っ越したのだ。荷造りした鍋《なべ》や薬缶《やかん》や服や本をトラックに載せ、母と私は電車で行った。何時間もかかって着いた街には、高いビルがしゃきんしゃきんと建っていて目がまわりそうだった。人が多すぎて息が苦しい。ほんとうにこんなところに人が住めるのかと不安が膨らんだ。その街にいる間じゅうずっと、不安が萎《しぼ》むことはなかった気がする。

半年ほどで元通り父とは別れて暮らすことになった。これで戻れる。私が真っ先に感じたのは、これで戻れるという静かなよろこびだった。ようやく友達ができはじめていた小学校をまた転校するさびしさや、父のいない子供に戻る体裁の悪さは後からゆっくりと追いかけてきた。

そのときに、胸の奥に赤い花が咲いていた。赤い花のところへ帰れる、となぜだか私は思ったのだ。それを今、不意に思い出している。病院へと走る車の窓に、暗い水田が映る。あの頃はこの辺もレンゲ草だらけだった。ここで無数の赤い花が風にたなびいていたはずだ。

そうして小さな違和感に気づく。何か大事なことを忘れている。戻っておいでと叫んでいる。私が、ではない。私の中の赤い花が、だ。揺れる赤い花が頭からはみだし、眼の裏側までこぼれてきたときにはっとした。この花は違う。赤いけれどレンゲ草ではない。

なんだろう、この花は。青い空に映えて揺れる花は、レンゲ草のように華奢《きゃしゃ》ではない。もっと花びら全体が赤くて迷いがない。そして、濃い匂い。甘くしびれるような匂いを放っている。誘われるように羽音が近づく。虫や鳥が集まってくる。

祖父の病室は二階のナースステーションのすぐ脇《わき》だった。容態が落ち着くまで、頻繁に様子を見るためなのだろう。引き戸式の扉は開け放たれ、祖母の姿はなかった。中のベッドに小さな人が寝ている、と思った。それが祖父だった。

声をかけるのがためらわれるほど、薄掛けをまとった身体は小さく萎んで見えた。母も同じ気持ちだったかもしれない。私たちは何もいえずにベッドに近づき、眠っている祖父の顔を見下ろした。

いつのまに、こんなに枯れてしまったんだろう。気づくと、涙がにじみ出てきていた。いけない、ここは泣くところではない。そう思って唇を嚙んだけれど、鼻の奥がつーんとしている。

そのとき祖母が病室に入ってきた。

「来てくれたんか」

にこにこしている。

「だいじょうぶやっていったやろ。ただの過労やって」

そういいながらベッドの脇の折り畳み椅子《いす》を引き出し、こちらに勧めてくる。

「いいよ、自分でやれるよ」

祖母も小さくなった。ただ、深い皺が寄ってはいても、ふっくらとした頰は張っている。それを見て少し安心した。

ところが母が泣いていた。声も立てずはらはらと涙を流している。ごめんなさい、といっている。聞こえないふりをした。泣いたり謝ったりするのは違うと思った。でも、それは私が小さくなった祖父の孫であるからで、娘にはまた別の思いがあるのかもしれない。老いた両親と離れて暮らすことに母は呵責《かしゃく》を感じていたのだろうか。あるいはまだ他に謝らなければならないようなことがあったのだろうか。

面会時間が過ぎ、自分が付き添うと頑《かたく》なに主張する母を病室に残し、私は祖母とあの大きな家に帰ることにした。助手席の祖母はやっぱり小さかった。シートベルトが包帯みたいで痛々しい。

祖母とふたりで戻った家も小さく感じられて私は戸惑った。古い農家だから、立派だとはいわぬまでも堂々としていた。それがなんだか急にみすぼらしく見えてしまう。その、みすぼらしいという言葉に自分でぞっとする。貧しいとか、ちっぽけなとか、そういうのとは違う。襖《ふすま》が煤《すす》けているような感じ、電灯の笠《かさ》の上の埃《ほこり》が拭《ぬぐ》い切れていない感じ。歳《とし》をとったふたりには大きな家が手に負えなくなっているのだ。家が悪いのではなく、つまり、住む人が家に追いつかなくなった。

翌朝、しばらく迷ったけれど、会社を休むことにした。祖父の具合は悪くはなさそうだし、この家からでも出勤できないわけではない。それでも、もう少しここにいて祖母の役に立ちたかった。私はあの頃の何もできない幼児ではない。祖母にはきつくなった掃除の手伝いくらいはできる。それに、ここにいる間に赤い花の呼ぶ声をもう一度聞きたいとも思った。

赤い花、赤い花、と歌うように繰り返しながら私は欄間や高い箪笥《たんす》の上にはたきをかけ、障子の桟を拭《ふ》き、床に雑巾《ぞうきん》をかけた。家はまだまだ半分もきれいにならない。赤い花の正体もつかめない。レンゲ草より大きくて、華やかで、甘い匂いがする。祖母に聞いても知らないという。

久しぶりにこの家の中をじっくりと見てまわって、台所に日めくりカレンダーがかけてあることに気がついた。一日に一枚、花の絵が描かれ、あとは日にちを表す数字と、その横に小さく曜日が入っているだけだ。カレンダーはいらん、といっていた祖父の力強かった口ぶりを思い出す。

そうだよね、と私は光の射《さ》さない台所でコップに水を汲《く》みながら、声に出してみる。祖父がカレンダーを気にしなかった分、祖母がひそかに気をつけなければならなかったこともあったろう。一日分の日にちと、隣に曜日が寄り添うように書かれたカレンダーは、一日一日だけを眺めて暮らしていた祖父母によく似合った。

午後の面会時間を待って病院を訪ねると、祖父も母も静かな顔をしていた。念のために祖父はしばらく入院することになるそうだ。

「なんでもねんや、大げさなんや」

祖父は寝たまま笑ってみせ、それから真顔になって私にいった。

「瑞穂、仕事はどうした」

「あ、今日はちょっと」

「休んだんか」

祖父の太い眉《まゆ》が寄せられる。気に入らないのだろう。

「明日は行くよ」

私がいうと、傍《はた》から祖母も口添えしてくれた。

「じいさんを心配して休んでくれたんやがの」

「おまえの仕事ちゅうのは、ほんないい加減なものなんか」

これならだいじょうぶだ、と私は思った。いつもの祖父だ。

それで、その日の晩、母と私は町へ帰った。判断を間違えたとは思わない。祖父自身がそれを望んだ。

次に面会に行ったとき、祖父は急速に衰えて、一日の大半を眠って過ごすようになっていた。祖母から容態の説明を受けながら、私はきっと泣くまいと心に決めた。そう決めておかなければ泣いてしまうかもしれない。働きづめで身体を壊し、入院してから初めて駆けつけて泣くようなつまらない娘と孫しか持たない祖父が不憫《ふびん》だった。

それなのに、祖父の寝顔は思いがけず穏やかで、折れそうな気持ちを支えてくれる。

「今まで休まなさすぎたんだよ、少しゆっくり休んだらいい」

動揺が少し落ち着いたところで、私は祖父にささやいた。聞こえているのか祖父の頭が小さく揺れる。

「それでまた元気になったら、いっぱい働けばいいじゃない」

あわててつけ足す。祖父ならそれを望むと思ったからだ。

すると、祖父は目を覚ましたらしい。うっすらと瞼《まぶた》を開き、私を認めてかすかに微笑《ほほえ》んだ。唇が薄く開く。何かをいおうとして震える。

「なに？　じいちゃん、水？」

祖父の口もとに耳を近づけると、祖父は小さい声で、でもはっきりといった。

「……キト」

「え、ごめん、なんていったの」

「キ、ト」

よく聞き取れない。困って傍らの祖母に助けを求めようとしたその瞬間、あ、と思った。キト。するするっと記憶のファイルが開いた。むかし、祖父の口から何度も聞いたキト、街の名前だ。

「そうだ、じいちゃん、よくキトのこと話してくれたよね」

古いファイルの中から、街の名前と、高い山と、抜けるような青空、甘い香りを放つ赤い花が飛び出してくる。

「キトで遊んだの、楽しかったね」

祖父は満足そうにうなずいた。

祖父母の家に預けられていた頃のことだ。祖父は夕餉《ゆうげ》の後、私を膝《ひざ》の上に抱えて、キトという街の話をしてくれた。

その街は古代から栄えた都市で、赤道直下にあるのに、標高が高いため暑くもなく寒くもない。一年中気温が安定していて、晴れた空には富士と見紛《みまが》う美しい山がそびえている。めずらしい鳥が飛び交い、鮮やかな花が咲き乱れ、木々には赤い大きな実がなっている。祖父はまるで見てきたかのように街の様子を話し、幼かった私は夢中で聞いた。その街の澄んだ空気を胸いっぱいに吸った気がする。

祖父母の家を離れてからも、キトは私をなぐさめてくれた。母の帰りの遅い晩、ひとりで蒲団《ふとん》に入って空想の街で遊んだ。その街にはちょうど私と同じ年頃のきれいな女の子も住んでいて、すぐに仲よくなって走りまわった。さびしいときはいつでもキトへ飛べばよかった。

その、キトだ。いつから忘れていたんだろう。長い間、思い出すこともなかった。

赤い花の影が脳裏に浮かんでからでさえも、レンゲ草までしか遡《さかのぼ》ることができなかった。祖父は今、静かに眠っている間にキトで遊ぶことができているんだろうか。それは、いいことなのか、さびしいことなのか、私にはわからない。

今夜はそばについていたいという私の申し出は母に却下された。

「だいじょうぶ、すぐにどうこういうことはないって」

私の背を押す母の目には光がない。

「それより、ばあちゃんをお願い、瑞穂がしっかりついていてあげて」

そのとき、祖父が何かをいった。

「なあに？　じいちゃん、どうしたの？」

「ベリカード」

祖父がかすれた声を出す。

「ばあちゃんに聞け。ぜんぶおまえにやる」

そういって祖父はまた目を閉じた。なんのことだかわからなかった。ばあちゃんに聞けといっていたけど、聞かれた祖母だって困るだろう。

ところが家に帰ると、祖母は思いがけずあの街の名前を口にした。

「キトやと、懐《なつ》かしいのう」

「ばあちゃん、キト、覚えてるの？」

祖母は意外なことをいった。

「覚えてるもなも、キトやろ、忘れたりせんわ」

「キトって、むかし、じいちゃんが話してくれたお話に出てくる街だよね？」

「ほや、きれいな街やったの。エクアドルの首都やとの」

「エクアドル？　って、南米の？」

「赤道直下ちゅうてたな。ほや、べリカードやったの、えんと、銀の缶に入ってたはずやけど」

祖母は黒光りする簞笥の抽斗《ひきだし》を上から順に開けはじめた。私の中のキトがぐらりと傾《かし》ぐ。

「キトって、じいちゃんの頭の中の街じゃなかったの」

自分の声が聞き取れない。たしかに、キトはあった。祖父の頭の中だけでなく、私の頭や胸やきっと血液の中にもキトは入り込んでいただろう。祖母も、もしかしたら私たちふたりの会話を聞いていたかもしれない。だけどそんな話とは明らかに違う。キトはエクアドルの首都だと祖母はいったのだ。

「あったあった、これや」

錆《さび》の浮いた銀の平べったい缶を大事そうに取り出し、祖母はそのまま私に手渡してくれた。

固い蓋《ふた》をこじ開けると、中に絵葉書大のカードが詰まっていた。端が薄茶色に染まっているものもあり、ひと目で古いものだと見て取れる。これがそのベリカードか。いちばん上の一枚を手に取り、裏を返した私はあっと声を上げそうになった。

キト。キトだ。胸の中にあったあの街にそっくりの風景がそこに写っていた。富士に似た、でもさらに鋭角な尾根が、青々とした空を背景に凜《りん》とそびえ、手前には澄んだ大きな湖がその姿を映している。

「キトってほんとうにあったんだ」

夢の中の出来事がほんとうだったと知らされたような、祖父とふたりだけでつくった架空の街が白日の下に曝《さら》されるような、緊張と弛緩《しかん》がないまぜになってやってきた。

「ベリカードって、なに？」

そう聞く声がからからに乾いている。思わず唾《つば》を飲み込んだ。

「ラジオ聴くやろ、ほの内容を書いてラジオ局に送るんや。ちゃんと聴いてたことがわかればラジオ局がベリカードを送ってくれる」

受信の証明書のようなものと思えばいいだろうか。青い鳥の写真が印刷されたカード、見たこともない果物の写ったカード、満面の笑みをたたえた少女のカード、そして、赤い花のカード。

祖母が隣に腰を下ろす。

「懐かしい。これも、ああ、これもや、ぜんぶじいさんと集めた」

アンデスの声、と日本語で記されている。キトのラジオ局の名前らしい。

「何の番組に周波数を合わせようとしてたんやったか、たまたま飛び込んできた声があっての」

そういって祖母は目尻《めじり》に皺を寄せ、手元の赤い花のカードをじっとのぞき込む。

遠く離れた日本の片田舎で、祖父のラジオがエクアドルからの電波を受信する。現地の日本人向けの放送を偶然つかまえたのだろう。祖父と祖母はたぶん地図を開いてキトの場所を確かめた。そうして地球の反対側まで、拙《つたな》い受信報告書を送った。ベリカードが返ってきて、ふたりは心を躍らせる。幾度も放送を聴き、幾度も報告書を書く。そうして一枚ずつベリカードが届けられる。ふたりして目を輝かせてカードに見入ったことだろう。

そのときの様子がありありと目に浮かぶ。私を膝に乗せて話してくれたのは、たぶん祖母とふたりでじゅうぶんに楽しんだその後だったに違いない。どこにも出かけたことのなかった祖父母に豊かな旅の記憶があったことに私は驚き、やがて甘い花の香りで胸の中が満たされていくのを感じていた。

転がる小石

電話が鳴ったのは金曜の、お昼にはまだ間がある頃だった。私はベッドに突っ伏していた。こんな時間に電話してくる人なんかいないはずだから、出なくたっていい。出ることはない、と思ったのについ起き出して携帯を取り、表示画面に浮かぶ09で始まる市外局番に首を傾《かし》げながらも、なんとなく通話ボタンを押していた。

「いたいた！」

やけに乾いた声が飛び込んできた。この声は、と思うまもなく、あはは、と電話の向こうが笑っている。

「なんでこんな時間に家にいるのー」

「……陽子ちゃん？」

「あはははは」

調子がよくないんだな、と思う。よくないときに限って笑う。湿っているときにきまって乾いた声を出す。

「今、どこにいるの、0980って？」

私が聞くと、雑音の混じった沈黙が流れた。

「陽子ちゃん」

聞いてほしいから電話してきたんでしょ。

「――そうなんだけど」

陽子ちゃんは私が言葉にしなかったところまでタイミングを合わせてきた。

「あのさ、笑わないでくれる？」

「うん」

「ほんとに笑わないでよ」

そういいながら、自分であははとまた笑っている。

「ハテルマジマ」

「え」

「波照間島にいるの、あはは！」

「べつにおかしかないよ」

「そう？」

陽子ちゃんの声から素直に笑みが消えた。

「なんでそんなところにいるの」

私が聞くと、

「そうなんだよ、なんでこんなところにいるんだろうね」

ようやく陽子ちゃんが困ったような声を出した。私は電話の脇のカレンダーを見る。

そういえば最後に会ったときに、たしか近々香港《ホンコン》かどこかへ旅行すると聞いた覚えがある。

「香港だったっけ、見立てのいいお医者さんがいるからわざわざ診てもらいに行くんだって、あのときいってたね」

「香港じゃない、台湾だよ」

「でも波照間島は日本だよね」

「あたりまえだよ」

今度はえばっている。高笑いのときは泣きたいとき、えばっているときは心細いときだ。陽子ちゃんはほんとうにわかりやすい。

「で、なんでそこにいるんだって？」

「パスポート忘れちゃったからだよ！」

あはは、と笑ったのは今度は私のほうだ。電話を取るまでは笑い声なんてずいぶん遠いところにあるような気がしていたのに。

陽子ちゃんはこないだの週末に友達数人と台湾へ旅行することになっていた。ところが当日、パスポートを忘れたのだという。ひとりで空港に取り残された。陽子ちゃんのことだから、いいよ、私のことは気にしないで、なんて笑顔で手を振ったんだろう。そうして友達を見送った後、悔しさの勢いあまって、成田からパスポートなしで行ける台湾にいちばん近い地点まで飛んだ。

「それが那覇《なは》だったの。那覇からは船」

南へ南へと下った。

「どうせならいちばん端まで行こうと思って」

「それで波照間」

うん、と陽子ちゃんは声に力を込める。

「そしたらね、すごいんだよ」

「なにが」

「海と空。すんごい碧《あお》い」

それはほんとうなんだろう。無理して乾かしたり笑ったりした声とは違う。陽子ちゃんは電話の向こうできっと今、空を見上げている。

「パスポート忘れて、よかったのかも」

強がっているのか、本心なのか、声の調子からはわからない。私はカーテンを閉めたままの窓を見る。あの向こうに空がある。でもそれはとても遠くて、どんな色をしていたか思い出すことができない。陽子ちゃんが見ているだろう空など想像さえできなかった。

「来ない？」

しばらく黙っていた陽子ちゃんが突然ささやいた。また声が笑っている。

「え、どこへ」

間の抜けた返事をしたそのすぐ後に、目の前に海と空の碧が開けた気がした。もしかして、その碧い空の下へ、来ないかと誘われているんだろうか。

「おいでよ、飛行機に乗っちゃえばすぐだよ」

さっきより少し声がまじめになっていた。

平日のお昼前、南の島から電話がかかってくる。今から来ないかと誘われる。それは無作法で非現実的で、今の私をちっともくすぐらないはずだった。それなのに、碧い海の残像がまだ瞼に残っている。

「無理だよ」

そもそも、誘うほうが変なのだ。陽子ちゃんと私は、もう会わないだろうとお互いに思っていたのではなかったか。

めずらしく陽子ちゃんは辛抱強かった。

「おいでよ」

そう繰り返す声に切羽詰まった響きが混じった。遠い電話の向こうで息をひそめて返事を待つ気配が伝わってくる。私は受話器を左耳にあてたままパソコンの電源を入れ、航空会社のページをスクロールしはじめる。飛行機の空席を確認するためだ。どこかへ出かける気力なんて一滴も残っていなかったはずなのに、陽子ちゃんの声と空と海の碧さが強烈に私を呼んだ。


先週、恋人にふられた。

えっ、といったきり言葉を詰まらせた私を、恋人が向かいの席からビー玉みたいな目で見ていた。どうして？　と聞けばよかったのに、言葉がつかえて出てこない。彼は、ごめん、と深く頭を下げた。謝らせちゃだめだ、そこで終わりだ。ごめんといわれてしまえば、どうしてとは聞けない。聞けばいい、聞いていい、と気づく前に、謝る人を問い質《ただ》すのはルール違反じゃないかと一瞬思ってしまった。何がルールなのか、先に違反したのはどちらだったのか、よくわからない。何かいわなくちゃ、と混乱した口から出たのは、はは、と乾いた笑いだけだ。どうして笑っているのか自分でもわからなかった。

先週はそのまま、ぼうぼうと耳鳴りのする中で過ごした。悲しくはなかった。涙も出ない。私の身体はふられたことを全然受けとめようとしていないのだった。

今週も半ばになって、急に来た。職場で残業している最中に、不意に目が曇った。涙だとわかるまでに一呼吸あった。とっさに笑ってしまったあのときと同じように、なんで泣いているのか、やっぱりわからなかった。ただじわじわと涙が膨れてきて、ああそうだ、私はふられたのだとようやく理解できたような塩梅《あんばい》だ。しばらくティッシュで鼻をかむふりをしていたけれど、いつまでたっても涙が止まらないので仕事を切り上げて帰った。

今朝は目が覚めたときから身体が重かった。そうだった、ふられたんだった、と上半身を起こしながら思う。六十度くらいまで起きた身体がぐにゃりとうなだれる。そのままベッドに転がって、今日はもうここでこうしていようと思った。とても会社に行く気になんかなれない。

ふられて会社を休むなんてみっともないことを、まさか自分がするとは思ってもみなかった。もっと大人だと思い込んでいた。私自身が騙《だま》されていたくらいだから、恋人も、会社の同僚たちも、まわりの人間は皆、私のことをしっかりした大人の女だと思っていたんじゃないだろうか。

悲しいときに泣けない。つらいのに微笑んでいる。そうして、別れたくないのに追いすがれなかった。この、気持ちと身体がちぐはぐな感じ、身体の動きが気持ちの動きに追いつけない感じ。覚えがある。ゆっくりとわかる。もしかしたら恋人もこんなふうだったのかもしれない。

脇目もふらずに働くと、なぜだか仕事がどんどんまわってくる。ますます働くようになる。これでいいのだと思っていた。一所懸命働くことが私の道だと信じた。仕事にかまけて恋人との約束を何度もキャンセルした。

電話で断ってもメールで済ませても彼は怒らなかった。顔は見えなくても薄く微笑んでいるのがわかる。それが彼のやさしさだった。少なくとも、最初のうちは。ほんとうは怒ったり嘆いたりしたいときでも、やさしい恋人であろうとして気持ちを抑えていたに違いない。私はそれに甘えてしまった。そのうちに、感情を表すべきときにも、私の前ではうまく出すことができなくなったんだと思う。いつのまにかガラスのように醒《さ》めた目で微笑むばかりになった。陽子ちゃんも似ていた。とってつけたような明るさは痛々しくて、そばで見ていると苛々《いらいら》するほどだった。でも、陽子ちゃんにもどうしようもなかったのだ。自分が苦しくなって初めてわかる。笑ったり泣いたり怒ったり、感情を素直に出せるのは相手に恵まれているときなのだ。私は自分のことに精いっぱいで、恋人の気持ちの揺れも陽子ちゃんの反転も受けとめることができなかった。

陽子ちゃんと知り合ったのは近所のパン屋だった。仕事の帰りに、あるいは週末に、家で食べるためのパンを買う。それにはこの店の、小麦の匂《にお》いのぷんと立ち上がる堅いパンがいちばんだった。小麦と水と天然酵母だけで焼かれた素朴なパンだ。特に宣伝しているわけでもなさそうなのに、店には客足が途絶えることがない。普段着で、ひとりで買いに来る女性客が多く、地味なパンがひっそりと売れていく。世の中は私が思っているよりも上等なのかもしれない。この店に来ると、そう思うことができた。

その小さな店で一度だけパン教室が開かれた。天然酵母パンを焼いてみませんか――そう書かれた貼《は》り紙《がみ》にどうして振り向いたのか今となっては思い出せない。パンは買うものと決めていた。自分で焼く暇なんかなかった。それなのに、気がつくと、参加しますと申し出ていた。普段はパンを焼くどころか料理もせずに済ませたいほうだから、罪滅ぼしみたいな気分だったのかもしれない。

参加者は女性ばかり十五、六人だった。パンを焼くのがまったく初めてなのは、驚いたことに私ひとりだったようだ。みんな、家でパンなんか焼くんだろうか？ いつ？ なんのために？ 聞いてみたい。聞いてみたい、と思いながら、篩《ふるい》に取った小麦を延々とかきまわし続けた。こうやってフスマを取り除くのだそうだ。休みなく粉をかきまわすうちに掌《てのひら》は赤くなり、額にはうっすらと汗をかいていた。ふと顔を上げると、台の端で店の主人が黙々と小麦を篩い続けている。無骨な求道者のようにも見えた。

想像していた優雅な教室とは違い、課される作業はひたすら地道で厳しかった。しかも、主人がいちばん熱心なのだ。手を休めるわけにもいかなかった。いくつかの班に分かれてけっこうな重労働に励んでいたせいで、別のグループの人とは言葉を交わす機会もないほどだった。だから、実習中の陽子ちゃんの様子を私は見ていない。見ておきたかったな、と思う。柔らかな髪を白い頭巾《ずきん》に包んで一心不乱に粉をこねていたんだろう。

教室の終わりに、焼けたパンを試食してひとりずつ感想を述べた。私はへとへとだった。パンはたしかにおいしかった。イベントとしては成功かもしれない。しかし、あの工程を思うととてももう一度自分で焼く気にはなれなかった。

楽しかったです、おいしかったです、お店のパンが自分でも焼けるなんて感動しました——参加者たちが順々につるつるした感想を述べていき、いよいよ私は戸惑った。楽しいというなら、のんびり映画でも観《み》ているほうが楽しい。おいしかったけれど、窯《かま》から出したばかりで、しかも贔屓目《ひいきめ》が入って三割増にはなっている。だいたい、手取り足取り教えられてなんとか焼き上がったのだ。余裕のある感想などまるで出てこなかった。

「私は自分では決して焼かないことにしました。この店でずっと買い続けます」

凛《りん》とした声でそう宣言した人がいた。まったく同じ気持ちだったから、私はうつむいていた目を上げて発言者の顔を見た。髪の長い、可愛《かわい》い女の子だ。それが陽子ちゃんだった。

帰り道で一緒になった。

「びっくりしたなあ。いくら挽《ひ》きたてがおいしいからって毎朝その日の分だけ小麦を製粉するなんて」

　前を向いたまま陽子ちゃんがいった。私は隣で小さくうなずいた。

「それをぜんぶ手で漉《こ》すんだもの。篩にかけて、混じってるかどうかもわからない外皮をくまなく探す」

　毎日そこから始める人がいるのだ。私たちは言葉少なに商店街の中を歩いた。

　上等だと思っていた世の中を、実はなめていたのかもしれない。適当にやっていければ、適当にやっていける。社会人生活十年目にしてそんなふうに思いかけていたところだった。適当にやってちゃ、あのパンは焼けない。いつどんなときに食べてもしみじみとおいしいものが、適当につくられるわけがなかった。

　世の中にはいろんなすごい人がいて、ぱっと思いつくアイデアのすごい人もいれば、地道な作業を淡々とこなすパン屋の主人みたいな人もいる。あたりまえといえばあたりまえなのに、ぱっとするほうに目を奪われて、パン屋の主人に気づかない。少なくとも私はパン教室に参加しなければずっと見過ごしたままだったろう。

「今日は参加できてよかったよ」

　陽子ちゃんが放心したようにつぶやいた。

「すごい人に会うと敬虔《けいけん》な気持ちになるね」

私たちはふたたびうなずきあった。

ちょうど分かれ道に来ていた。陽子ちゃんは私鉄で二つ先の駅に住んでいるのだという。駅に行くならまっすぐだ。でもふたりともぐずぐずしていた。このまま分かれたくない気分だったのだ。今ひとりになりたくなかった。ここで分かれたら広い空の下でひとりぼっちだ、という気がした。角のドーナツショップに、どちらからともなく入った。

陽子ちゃんはドーナツを食べながら、ごく簡単に自分のことを話した。都内の女子大を出て、文具メーカーに勤めているという。私とは二歳しか違わない。もっと若くふわふわして見えたから意外だった。

お互いに自己紹介をしてしまうと私たちにはほとんど話すことがなかった。こういう可愛らしいタイプの女の子とは接点がない。私たちの間の共通点はたったひとつ。今日のパン教室に参加して、打撲を負ったことだけだ。とはいえ、できたばかりの打撲傷の場所も深さもお互いに計りかねていたんだと思う。うすいコーヒーを飲んで、長い間ふたりとも黙っていた。

「ほんとはね」

と、やがて陽子ちゃんが口を開いた。

「あたし、パン屋になりたかったんだ」

「うん」

「でもやめた。あんなの見ちゃったら、楽においしいパンを焼こうなんて考えられなくなるもの」

　それから不意にうつむいた。涙が一粒トレイの上に落ちた。

　とっさに私は目を逸《そ》らしていた。おかわりのコーヒーをもらうふりをしてあわてて立ち上がる。思いがけない涙だった。さっき初めて会ったばかりの人間の前で涙をこぼせる素直さにうろたえていた。うっとうしいと思った。そして同時になんだか猛烈にうらやましかった。

　それが三年ちょっと前だ。

　何の共通点もなかった私たちだったのに、それからたまに会ったり電話で話したりするようになった。いろんなところが違っていても、パン屋で打たれてしまった、その点でしっかりと結ばれていた。あのとき、無難な感想をいった十数人の顔はひとつも覚えていない。打たれるにも資質がいるのだ。それを初めて知った。

　私は私の仕事をきわめようと夢中で働きはじめた。パン屋で受けた打撲をやわらげるにはそれしかないと思った。照明器具をつくっている会社の営業事務だ。適当にやっていた頃よりも仕事はどんどん面白くなっていった。ただし、生活は変わった。外食が増え、肩こりがひどくなり、友人が目減りした。

陽子ちゃんとは、ずれていった。はじめから一点でしか結ばれていなかったのだ。会うたびに、そして話をするたびに、違う部分が大きくなりすぎてほどけてしまいそうになる。陽子ちゃんは陽子ちゃんで自分の打撲の手当に必死だったのかもしれない。でも、陽子ちゃんがどこへ向かっているのか私にはさっぱりつかめなかった。きっと陽子ちゃんにも私の進む方角は見えなかっただろう。

土手の上を走っていた自転車が小石につまずいて斜面を転がりはじめるような勢いで、陽子ちゃんの髪はどんどん短くなっていき、前か後ろかわからないような服を着るようになり、話していることと顔の表情が食い違うようになった。文具メーカーも辞めてしまったという。つまずいた小石がなんだったのか、実のところ私にはわからない。うろたえるほど大粒の涙を落としたあのときの陽子ちゃんが、私にとっての陽子ちゃんのすべてだったのだから。

陽子ちゃんは今ちょっと道に迷っているだけだ。そう思おうとしたけれど、気分は梅雨空みたいに曇るばかりだった。陽子ちゃんは陽子ちゃん自身にどんどんごまかされていくみたいに見えた。

陽子ちゃんの話にときおり出てくる友達を女だと思って聞いていたら男だったことがあった。話をずっと遡《さかのぼ》って、「友達」を女から男へ変換する。それだけで話の中身がどろんと塗り替えられる感じがした。相槌《あいづち》を打ちそびれたら、笑われた。

「梨香《りか》さんは頑《かたく》なすぎるよ。もっと楽にいこうよ」

それで私は、もう陽子ちゃんとは会わないほうがいいと思ったのだ。結び目はあるのに、たしかにあったはずなのに、ずいぶん遠く離れてしまった。今は話もほとんど通じない。

「楽に、ってどういうこと」

できるだけ穏やかに私は聞き返した。楽にパンを焼くなんてできない、といって泣いた陽子ちゃんが今では嘘《うそ》みたいだ。そうはいえずに、手探りで結び目を確かめる。これだけが頼りだった。たしかにきつく結ばれている。だけどその先、別々の方向へ二本の糸は続いている。もしかしたら陽子ちゃんはとっくに気づいていて、それでも何食わぬ顔で笑っていたのかもしれないけれど。

空港に降り立つと完全に夏だ。空が真っ青で、空気が濃い。

石垣島まであっという間だった。ここから先はフェリーだ。もうすぐ夕暮れのはずなのに、この明るさはなんなんだ。なんなんだ、なんなんだ、と辺りをきょろきょろしながら歩く。むせそうな暑さ、肌に吸いつく人懐《ひとなつ》っこい空気は、いったいなんなんだ。

次第に足が軽くなるのがわかる。明るいことや楽しいことはずっと遠くのほうに去ってしまって、私にはもう訪れることもないような気がしていた。それなのに、島を歩くうちにどんどん人恋しくなっている。

そうか、陽子ちゃんもこんな気持ちになったのか。そう思うとおかしくて、いとおしさも満ちてくる。南の島をひとりで堪能《たんのう》するつもりが、海風に煽《あお》られ太陽に灼《や》かれ、とてもひとりじゃいられなくなったのだろう。その震えが電波に乗って私に伝わった。道理で断れなかったわけだ。ふられたばかりのところにビリビリきたのだから。

私たちはもっといい方向に小石を蹴《け》らなきゃいけないんじゃないか。船着き場の桟橋で碧《あお》い碧い海を見ながら思った。到底かなわないような人に打ちのめされても、それでもパン屋になりたいと願う強さを育てなくちゃいけないんじゃないか。

もちろん、陽子ちゃんにそんなことをいうつもりはない。ただ、そんなふうに思えただけで新しい風が吹いたような感じがしている。私はそっと結び目を確かめる。それはそこにちゃんと結ばれていて、やっぱり別の方向へ伸びていた。ぐるっとひとまわりしてもう一度会える。会って結ばれるかどうかはわからないにしてもだ。

栈橋まで迎えにきてくれた陽子ちゃんは、手ぬぐいをバンダナみたいに頭に巻いて、エプロンをつけていた。

「どうしたのその恰好」

私が聞いたのには答えず、陽子ちゃんは夢見るみたいにつぶやいた。

「梨香さん、ほんとに来てくれたんだ」

それから後ろを振り返り、駐車場を指した。

「民宿の車、借りてきたから」

見ると、古い車が停まっている。ずいぶん昔の型の、とっくに乗り捨てられていてもおかしくないようなバンだ。陽子ちゃんは私の手から荷物をひとつ取って車のほうへ歩いていった。ドアに手をかけたところで私を振り返り、まぶしそうに目を細める。

「ほんとに来てくれるとは思わなかったよ」

その声があまりにもまっすぐで、どきどきした。

陽子ちゃんの白かった顔がだいぶ日に焼けている。先週台湾に向けて発《た》つつもりだったのだから、ここへ来てそろそろ一週間になるはずだ。この恰好は、もしかして、宿のヘルパーでも始めたんだろうか。

「陽子ちゃん、ここで働くことにしたの？」

助手席に乗り込んでから聞くと、陽子ちゃんは運転席で首を振った。

「そうじゃないけど」

それから頭に手をやって、手ぬぐいを外した。

「なんだか遠回りしたなあ、って思ってるとこ」

恥ずかしそうにいって、キーをまわす。きゅるんきゅるるん。空回りの音がする。

「ここで毎日さとうきびの林を歩いたり、砂浜で寝転んだりしてたら、急に来たんだよね」

急に来た。何がだろう。私は、そういえば涙だった。急に来られて、気持ちと身体《からだ》の間のずれを思い知らされた。職場で突然流れ出したあの涙が、今はもうずっと昔のことのように感じられる。

「何が来たの」

「逃ゲ回ッテイル時ハ既ニ過ギマシタ、ってお知らせが」

早口言葉みたいだ。もう一度、陽子ちゃんがキーをまわす。きゅるるんきゅるるるん。逃げ回っている時は既に過ぎました。

「そしたら、すっごく梨香さんと話したくなったの」

きゅるんきゅるきゅきゅきゅーん。ようやくエンジンがかかる。

「いったい何を怖がってたんだろうね」

陽子ちゃんはそういって、アクセルを踏み込んだ。こんなにやわらかい素直な声を久しぶりに聞いた。

怖がっていたものの正体を見きわめられたなら、もう、新しい一歩を踏み出しているってことだ。陽子ちゃんは道草をやめた。簡単には近づけないものから目を背けるんじゃなくて、正面に見据えて半歩ずつでも近づいていく。そういう覚悟を決めたんだろうと思う。エプロンを付けて、手ぬぐいを巻いて、宿でもパンを焼かせてもらっていたのかもしれない。

「この空はちょっと怖いくらいだなあ」

碧い空が透明な光にあふれている。怖いものにはきっとこれからも出会うだろうけど、私たちは窓をいっぱいに開けて、どこまでも続く道をがたがた走っていく。

どこにでも猫がいる

五階建てのくたびれたマンションは陽当たりがいいのだけが取り柄だ。西日を浴びてオレンジ色に輝いている建物を見上げ、ちょっとため息をつきたくなる。冬でもよく陽が入る。そう、冬ならいいんだけれど。ちょうど入口の三段だけの階段を上ったところで管理人を兼ねた住人の濱岡《はまおか》さんとすれ違う。

「暑いですね」

「いやまったく、年々暑くなりますな」

軽くお辞儀をして別れる。

住人に穏やかな人が多いのもさいわいだと思う。廊下やエレベーターで顔を合わせれば会釈《えしゃく》を交わし、あるいは天気の話をし、それがお互いの仕事や趣味の話にまで及ぶようなことはない。

土曜の夕方、買い物籠《かご》をぶらさげて私はエレベーターに乗る。ぶーん、とモーター音がして、ゆっくりとエレベーターが上昇しはじめる。天井に小さな扇風機がついていて、ぬるい空気をかきまわしている。

部屋のドアを開けるとむっとする。買い物籠の中身を冷蔵庫に入れるのも後まわしで、ベランダの窓を開ける。歩いてきた道に風はほとんどなかった。ここはわずかに風が通る。風通しがいいのも長所に数えよう。

ベランダが広いのもいいところだ。洗濯物を干すだけでなく、プランターを並べても余裕があるし、ときどき、ここに折り畳み椅子を出してお酒を飲むこともある。

サンダルをつっかけて、ベランダに出る。陽はだいぶ傾いた。手すりに片手をかけて、下を見る。ここから見下ろす小さな川と緑地もいい。下の階だと蚊が多くて往生するかもしれないけれど、最上階のうちには虫が飛んでくることもほとんどない。

ミニトマトを干していた笊《ざる》を持ち、部屋に取って返す。サンダルを脱ぎ、がらんとした部屋を横切り、台所へ入ろうとして丸テーブルの上の葉書が目に入る。見たいんだか、見たくないんだか、わからない。わからないままテーブルの上に置いてある。

どこにでも猫がいます、と彼は書いてきた。ふん、と鼻を鳴らして葉書から目を逸《そ》らす。先月までここにいた。ずっとふたりで暮らしてきた。不満があるなんて思ってみたこともなかった。それなのに彼はひとりで部屋を出た。いってきます、と手を振って、日に焼けた笑顔で。

消印はイタリアだった。昨日、届いたときに確かめた。知らない町の名前だ。半分は不鮮明で読み取れなかったのだけど。どこにでも猫がいます、日本の猫と同じような顔をしているのが不思議です、と書いてある。子供みたいに陽気な字で。

勝手に出て行って、のんきなものだと思う。猫のことなんて。それで私は葉書に向かってもう一度、ふん、と鼻を鳴らす。だけどやっぱり、猫に引っかかる。初めて訪れたイタリアで、彼は人の違いに戸惑っているのだろうか。日本から離れ、人はずいぶん違うのに、猫だけは同じように見える。——もしかしたら、少し心細い思いをしているのではないか。そう考えてから、わざと大きく首を振った。考えてもしかたがない。彼はもう私のもとを離れていったのだから。

イタリアは素晴らしい国だ。それはよく知っている。空が青くて、のどかで、人は気さくで、たべものがおいしくて。できることならここで暮らしたいと思うほど気持ちのいいところだった。

それをいうと、友人たちが口々に、それ、いつの話？　という。現在のイタリアはそんなにのどかではない。すっと洗練された都会なのだそうだ。つまり、ビルが建ち並び、車も多く、人はそんなにあたたかくない。たべものはたしかにおいしいけれど、相応に高い。

たぶん、問題は、いつ、ではなく、どこ、だ。イタリアのどこを旅したかで印象はまるで変わるんじゃないか。旅の終わりにミラノへ出たとき、若かった私でさえ思った。ここもほんとうにイタリアだろうか、と。

まったく、あの頃の自分を思い出そうとするだけで恥ずかしい。若くて、向こう見ずで、そのくせ甘ったれで、今から思えばうんと度の強い眼鏡をかけて世界を眺めているようなものだった。私はミラノを通り過ぎながら思ったのだ。この街に、用はない。無論、ミラノのほうでも思っただろう。こんな小娘、お呼びでない。

私のイタリアは、今も昔もミラノではない。フィレンツェでもローマでもない。イタリアと聞いて人が思い浮かべるよりずっと南、長靴でいえばつまさきのあたりで海に浮かぶ島、シチリア島がそれだ。

通りの向こうに見えた海の、緑と碧《あお》を混ぜたような、光を反射してきらきら光る波が瞼の裏によみがえり、一瞬私は目を押さえる。忘れようと努めたわけではないけれど、忘れたいと思ってきたのだろう。封印してきたものの蓋《ふた》がふわりと開いて、潮の混じった風の匂いを嗅《か》いだような気がした。

私は二十歳だった。怖いものなんて何もなかった。初めて行ったヨーロッパを、お金の続く限り歩いてまわろうと思っていた。恋人とふたり、歩いて、歩いて、その間じゅうずっと笑っていて、たまに喧嘩《けんか》もして、それでもいつもぴったりとくっついていた。いつ、どこ、それにつけくわえるなら、誰と。もしかしたらそれがいちばん重要だったのかもしれない。

ずっとつないでいた恋人の手の大きさや、しなやかだった指を思い出し、私は大きく息を吸う。それからゆっくりと息を吐く。買い物籠の中身がそのままだったことに気づき、冷蔵庫のドアを開ける。豆腐と空豆、缶ビールを取り出して、上の段と下の引き出しに分けて入れる。

完璧《かんぺき》だ、と思っていた。シチリアの陽射《ひざ》しは力強く、海の碧は深く、恋人とは一心同体だった。これが人生だと信じて疑いもしなかった。完璧な人生が誇らしかった。

皮膚の内側まで灼《や》いてしまう太陽のせいで、からだに裏表がなくなるのと同じように、気持ちにも裏表がなくなるんだと思う。町の人たちは陽気で、私たちもつられてしじゅう笑っていた。誰とでもすぐに打ちとけられるような気がした。実際に、私が出会ったシチリアの人たちはみな明るくて、親切で、おしゃべりで、おおらかで、その上世話好きだった。

長く滞在するうちに親しくなったマンマが自宅に招いてくれた。タオルミナという町でのことだ。出されたホットワインに感激した。恋人も私も、おいしい、おいしい、と声を上げた。マンマがそっと私に耳打ちした。レシピを教えてあげる。これであの子は一生あんたのものだよ。

あの子、といわれるほどに彼も若かったのだ。今となってみればの話だけれど。そのときの私は恋人に夢中で、若いかどうかなど考えもしなかった。もうじゅうぶんにおとなの年齢だったけれど、あの子、といわれていやな気はしなかった。そう呼ばれるにふさわしい、イノセントな少年みたいに見えると思った。

赤ワインが残っていたはずだ。ひとりで飲んでもおいしく感じられなくて、この頃はあまり飲まなくなった。一本のワインを空けるのに何日もかかる。私は冷蔵庫を開けて飲みかけの黒いワインボトルを取り出し、台の上に置く。カルダモンは戸棚のジャムの空き瓶の中だ。そういえば日本の夏にホットワインなんて初めてかもしれない。でも、いいんじゃないか。蒸し暑いキッチンで熱いワインをつくり、久しぶりにベランダで飲んでもいい。酔っぱらったらベッドに倒れ込んで眠ってしまえばいい。

カルダモンの香りはあれから何度も嗅いだのに、あの晩の記憶が引き出されたのはいつ以来だろう。忘れるわけがないと信じていたことを、忘れていることにさえ気がつかないくらい静かに忘れてしまう。それはきっといいことなんだろう。忘れるから眠れるし、目が覚めもするんだと思う。こんなふうに、またひとりになっても。秘訣《ひけつ》はこれだよ、とあのときマンマは人差し指と親指を丸くして輪っかをつくった。OKの合図かと思って見ていたら、二本の指の先がぎゅっと合わさった。間に何かある。ふっくらした指が、小さな木の実みたいなものをつまんでいた。それがカルダモンだった。マンマが私の鼻先に指を近づける。すっとするような、ほのかに甘いような、薬みたいな匂いがした。

あの夏のシチリアで、私たちは完璧だった。それから後の人生を別々に生きることになるなんて、思いもしなかった。

記憶の中の、無邪気に恋人を見つめるあの晩の私に、そんなことを教えるわけにはいかない。あの晩の、しあわせに満ちていた私に影を差すようなことはしてはいけない。月日が流れ、ひとりの部屋でこうしてあの晩を思い出すことができるようになるということも、同じように、知らせてはいけない。よろこびを薄めるようなことも、別れの苦しみをやわらげるようなことも、後になって振り返った私がしてはいけないことなのだと思う。

赤ワインでカルダモンを煮出す。酒精《アルコール》をちょっと加える。それであの、小悪魔みたいなホットワインになる。たった一粒のカルダモンが、ホットワインを支えている。ベランダに椅子を出して、今夜はひとりで飲もう。

駅から続く商店街で、山ほどトマトを買ってしまった。

そのショックで、キッチンの灯りもつけずに足を投げ出している。私がひとりで食べるのに、ほかに誰も食べる人がいないのに、こんなに買ってしまった。それが取り返しのつかない失敗のように感じられることにこそ、私は驚いているのかもしれない。

一山二百円のトマトを二山、しめて四百円。余った分はいっそのこと捨ててしまってもいいじゃない。それだけのことだ。取るに足らないこと。そう思おうとして、ちょっと笑う。だって、ほんとうに取るに足らないことだ。

いつまでたってもひとりに慣れない。慣れないようにしようと無意識のうちに考えているのかもしれない。ひとりだということを忘れたくて、この頃の私はほんとうに忘れてしまうらしい。マンションのドアを開けてから、はっとする。人の気配がない。そうだった、ひとりだったと思い出して、そのたびにいちいち衝撃を受ける。

熟れたトマトの山を、ざっと洗って鍋《なべ》に放り込み、トマトソースにしてしまおうかと考える。冷凍してしまえばいい。なにも、誰かに食べてもらわなくてもかまわない。

買いすぎというほど買い込んだわけでもない。ひとりでも私はだいじょうぶなのだ。

――私はひとりだ。それがどうした。

久しく忘れていた呪文《じゅもん》が口をついて出る。私はひとりだ。それがどうした。

そう何度も繰り返しいいきかせて、若かった私はやっとひとりで立つことができた。

いや、ひとりで立っているつもりで、いつも誰かに縋《すが》っていた。誰かと自分を混同していた。手を離して立てるようになったのは、立たなくてはならないところに立たされたからだ。

イタリアから日本へ帰って程なく、見たくなかったものを見た。イタリアではあれほど輝いていた恋人が、どんどん生気をなくしていく。元気づけようとしても効かない。私の声は虚《うつ》ろな彼の耳をすり抜けていくようだった。

どんなに見たくなくても、これが彼だった。いつい い出すかと待っていたような気がする。聞きたくないと激しく拒否しながら、すでに私はどこかで諦《あきら》めてもいたのだ。

とうとうある日、彼は頭《こうべ》を垂れた。

「ずっと世界中を旅していたい」

ひとりで、とはいわなかったが、ふたりで、ともいわなかった。

私は思い違いをしていた。私にとってのイタリアは人生ではなく、旅でさえない。旅行だった。彼には違った。ずっと。世界中を。旅していたい。それは、私と彼との違いだ。いいとか悪いとか、そういうことではないのだと思う。ただ、私にはそんなふうに——ずっと、世界中を、旅して——生きることはできないだろう。

私に飽きたのではない、と恋人は懇願するようにいった。

「できれば一緒にいたい。それはわかってほしい」

「だけど、行くんでしょう」

絶対に行っちゃいやだ、と思いながら私はいった。絶対に、という言葉がほろほろと崩れ落ちてゆく。ふたりでひとり、それで完璧だと信じていたのに、私を置いてどこかへ行ってしまうなんてゆるせない。ゆるせないというのがどういうことなのか、そのときの私にはわからなかった。でも、私がゆるそうがどうしようが恋人の気持ちは変わらないだろうということだけは、もう私にもわかっていた。恋人は虚ろな目のまま一度だけうなずいた。

恋人が旅に出てまもなく、知りあったばかりの人と私は結婚を決めた。運命だ、と思いさえした。

出す宛《あて》もない結婚の通知を私は書いた。旅に出た彼の居場所はわからない。それでも、書いた。できるだけしあわせそうな文面を考えて、青いインクで。出さないいつもりだったのに、結局私は彼の実家の住所に送った。ゆるさないというのはこういうことだったのかと、投函《とうかん》した瞬間に愕然《がくぜん》とした。こんなことをしたいために結婚をしたのか。自分で自分のしていることが理解できず、でも、止《や》めることもできなかった。

一年後に子供が生まれ、その子が幼稚園に入る頃に離婚した。最初から間違った結婚だったのだ。ゆるされないのは私だ、と思った。

間違った結婚でも、ゆるされなくても、子供は別だ。今までに私が手に入れてきたものの中で、いちばんいとおしい、大切なものだ。手に入れられなかったもののことが頭をよぎると胸がちくちくしたけれど、もしこの手の中にないものを勘定に入れたとしても、やっぱりこの子がいちばんいとおしい。そう思えることに私は安堵《あんど》した。

なんとしてでも、この子を立派に育てよう。子供を幼稚園から保育園に預け替え、養うために働いた。しばらく会社勤めをした後で、美大時代の友人に強く誘われ、ふたりでデザイン事務所を開いた。

もちろん最初からすべてうまくいったわけではない。しばらくは山あり谷ありだったけれど、それがよかった。山と谷に翻弄《ほんろう》され、友人とは支えあい、いつしか私は曲がりなりにも子供を抱えて自分の足で立てるようになっていったんだと思う。

「男運には恵まれなかったけど」

　共同経営者である友人とときおり笑いあう。ふたりとも、離婚をしている。男には恵まれなかったけど、といえる私たちはしあわせだ。女には恵まれた。

　仕事にも、恵まれた。今はうまい具合に、ちょうどいい量の仕事がある。以前は、もっと仕事がほしい、もっと会社を安定させたい、と望んでいた。子供を養うためだけでなく、仕事で憂《う》さを晴らそうとしていた部分もあるかもしれない。仕事に追われて泡を吹いていた時期もある。どれくらいの仕事をこなせるか、どれくらいの真剣さで人生に立ち向かえるか、体を張って確かめていた。忙しい、忙しい、と駆けずりまわった季節を越え、ようやくこの二、三年は落ち着いてきた。それはつまり、とにもかくにも人生と格闘しなければならなかった時期を過ぎたということだろう。

　女友達、仕事、そして子供。男運には恵まれなかったけど、と笑うときに真っ先に浮かぶのは子供のことだ。私は、子供に恵まれた。あまりかまってやれなかったひとり息子は、しかしすくすくと大きくなった。

　高校三年になったときに、彼は晴れやかな顔でいった。

「大学へは行かない。働いてお金を貯《た》める」

「それもいいかもしれないわね」

彼は母親に恵まれただろうか。私はいい母親だったか。いい母親のふりで、理解のあるふりをしたくて、聞かなかった。お金を貯めてどうするの。何をしたいの。

そうして彼は、二十歳を祝うささやかな席で宣言した。

「僕はこれから旅に出ようと思う。世界中を旅してみたいんだ」

その途端、どっと汗が噴き出した。レストランの向かいの席にいる彼が何光年も遠くで笑っているように見えた。

絶対に行っちゃいやだ、と私は思った。二十年あまり前のときと同じように、絶対に、と。脆《もろ》く崩れる絶対だ。私の絶対など誰も気に留めはしまい。引き留める言葉を口にすることはできなかった。行かなければ気が済まないのだとわかっていたから。そういう人が、たしかにいるのだ。旅に出たい、と心が疼《うず》いてどうしようもない人が。大事な人がそういう種類の人間だったとしたら、諦める以外に何ができるだろう。

泣いて引き留めればよかったと後悔しているわけではない。ただ、笑う必要まではなかった気がする。それなのに私は笑った。

「元気でいってらっしゃい」

願わくば、無事に戻ってきますように。旅に疲れたら私を思い出してくれますように。そう口に出さずに祈った。

仕事で帰りが遅くなりそうになると、そわそわしはじめる。習い性のようなものだ。気持ちが焦《あせ》って時計ばかり見る。冷凍庫のシチュウをあたためて先に食べてと電話しようか。何か買って帰るからごはんだけ炊《た》いておいてと頼もうか。でも、この頃はすぐに気づけるようになった。息子はもういない。あの部屋を旅立っていってしまった。私を置いてひとりで、とは思わない。結局は、旅をするときはひとりなのだ。今まで彼と暮らせただけでじゅうぶんだったのだと思いたい。

半分くらい本気で、半分は嘘だ。無理をしている。もっと安心できる、地に足のついた、続けていける、ときには私の願いにも耳を傾けてくれる、そんな普通の暮らしを息子にも望んでいる。そして、それがとてもむずかしいということも残念ながらわかっている。

ここにも猫がいます、と次の葉書にも書かれていた。チュニジアからだった。イタリアからヨーロッパを横断するのではなく、地中海を渡ってチュニジアへ入ったところがあの子らしいと思う。あの子は、と考えてからはたと気づく。あの子は一生あんたのものだよ。タオルミナのマンマが笑顔でいった。あの子、と恋人がいわれたときの歳《とし》に、息子はもうなっている。

そういえば、日本を発《た》つ前の夜、彼の部屋から電話で話す声が聞こえてきていた。低く落とした声は、思いがけず長く続いた。たしかめることはしなかったけれど、きっと相手は女の子だったのだろう。

世界中を旅してみたいといって嘆かせる相手は母だけでいい。この国のどこかにあの子の無事の帰りを待って胸を痛めている人がいるとしたら、いたたまれない気持ちになってしまう。なぐさめることもできず、まして謝るのも違うだろうし、私はきっと若い彼女の前でぎこちない笑みを浮かべることくらいしかできない。きっと元気に戻ってくるから、なんて励ましてみたりするかもしれない。想像して、笑ってしまう。息子は、行きたくて行った。好きで行ったのだ。元気に帰ってくるのが当然だ。それが旅に出る人間の最低限の務めなんじゃないだろうか。

「世界中を旅してみたいって出て行ったんだから、気が済んだら帰ってくるでしょうよ」

そんなことを、私はいう。旅してみたい、と、ずっと旅していたい、とはわけが違う。そうしてほんとうに帰ってこなかった人と、私の息子はまったく違う。

訃報《ふほう》が届いたのは夏の終わりだった。あの夏も、ひどく暑かった。息子は小学校の二年生で、クワガタを捕りに行きたい、というのが夏休みのささやかな希望だったはずだ。たったそれだけの願いを叶《かな》えてやることができずに、もうすぐ夏が行ってしまおうとしていた。

その日も私は普段通り仕事を終え、駅からの途中にある店で夕飯の買い物をした。夏休み中だから、急いで帰ってあげないとかわいそうだ。息子は朝からずっとひとりでいるのだ。気は急《せ》いていた。それなのに、マンションのエントランス前の植え込みで蜩《ひぐらし》が鳴いていたのを覚えている。カナカナカナカナ。その声が耳についた。夏休みももう終わりだ、と私は思った。鍵《かぎ》のかかる郵便受けを開け、一枚の葉書を見つけた。

差出人の名前に見覚えがあった。見覚え、という程度だったのだ。だから私は無防備に裏を返した。マンションの薄暗いホールを歩きながら葉書に目を落とした私は、黒い縁取りがあることに動揺もしていなかった。それほどに遠い名前だった。

エレベーターが動き出して初めて私は息を止めた。訃報の主は、あの恋人だった。シチリアで、あの子、と呼ばれた恋人。見覚えのあった喪主の名前は、彼のお姉さんだ。何度か会ったことがある。三人で食事をし、グラッパの後に別れるときは、お姉さんがひとりで電車に乗るのを見送って、私たちはふたりで同じアパートへ帰った。それが、今は、私がひとりで、彼とお姉さんが同じ葉書の中にいる。ぶーん、とエレベーターが昇っていく。違う。葉書の中に、彼はいない。彼はいない、ということだけはずっと前から事実だった。彼のいない人生を私は歩いている。永久に、だとか、もう二度と、だとか、感傷の混じる言葉は好きじゃない。だけど、シチリアを旅したとき完全無欠に輝いて見えた肉体が、今はもうこの世にないということがとても信じられなかった。

大きな音を立ててエレベーターのドアが開く。部屋の前でしばらく立っていた。自分がどんな顔をしているのかわからなかった。ちゃんとお母さんの顔で帰らなければいけない。

鍵穴になかなか鍵が入らなかった。がちゃがちゃいう音を聞きつけて、息子が飛び出してきたらしい。部屋の内側から勢いよくドアが開く。おかえりなさい、と弾む声を聞き、私はそのまま玄関に膝《ひざ》をついて幼い息子を抱きしめた。

チュニジアからどうするのか、息子がどこへ行くのか、私にはわからない。広く、浅く、旅してくれればいいと思う。お願いだから深入りはしないで。そう思ってから、やはりちょっと笑ってしまう。チュニジアまで行って、サハラ砂漠へ足を伸ばさないことがあるだろうか。そんな旅人がいるだろうか。

でも、旅をしてみたいと出て行った息子が旅をどんなものだと考えているのか、私は知らない。わからない、知らない、そんなことばかりだ。わずかに知ることができるのは、旅先から息子が寄越す一枚の葉書に書かれていることだけだ。

ここにも猫がいます、と息子は書いていた。ああ、そうでしょう、猫はいるでしょう、と私は思う。私は彼の葉書に返事を書かない。世界中を旅する人に返事をもらう資格なんかない。いつまでチュニジアにいるのかもわからない。もしかすると、もう出発してしまっているかもしれない。

ここにいようと思う。私はただ、ここにいよう。陽当たりがいいこと、住人に恵まれていること、風通しがいいこと、ベランダが広いこと。いいところを数えて、もう少しここで暮らそう。息子が帰ってきたときに迎え入れられるように、ここでいつものように暮らそう。暮らしながら、こっそり待とう。息子が帰る日を、そして私がいつか旅に出るかもしれない日を。

息子からの葉書は、忘れた頃にふらりと郵便受けに入っている。必要以上によろこばないように、私は慎重にそれを手に取る。たいていは絵葉書で、私はその写真をしばらく眺めてから、ゆっくりと裏を返す。そうしてやっぱりふんと鼻を鳴らす。猫のことが書かれているからだ。そんなに猫が好きだったとは、全然気づかなかった。彼自身も気づかなかったに違いない。今だって、きっと気づいていない。何か書かなければと思ったときに、通りを横切った猫をふと書いてしまうだけなんじゃないか。

どこにでも猫がいます、と書いてある。結局サハラ砂漠には行ったのか、行かなかったのか。そんなことは書かれていない。砂漠と猫、どちらが大事かといえば、どちらでもない。私にとっては、葉書が来る、大事なのはそれだけだ。

冬が終わり、春が過ぎ、また夏が来る。私はもう、ひとりの部屋に驚いたりしない。野菜や果物を買いすぎることもない。昨日、中国から葉書が届いた。チュニジアの後、どこをどう通って中国へたどり着いたのか、相変わらず書かれていない。こちらの人はよく小麦粉を使います、とある。伸ばして麺《めん》を打っても、蒸して包《パオ》にしても、おいしいです。チャーシューもザーサイも手作りで、ラー油もみんな自分の家でつくります。いつもいい匂《にお》いがしています。

それは大事なことだ。いい匂いがすると感じられるなら彼は今しあわせなんだろう。そうだ、ラー油にもカルダモンが入っている。低温の油でじっくり香りを引き出して使うのだ。ここで暮らしていた頃に説明していたら、きっと彼は聞き流していただろう。今ならどうだろうか。猫とカルダモン、そんな些細《ささい》なことにも振り向く人になっている気がする。

ここにも猫がいます、と葉書の最後に書かれていた。路地のあちこちから、猫が狙《ねら》っています。丸ごと一頭豚が吊《つる》されている、そのロープの下を猫が走り抜けます。前に、ベランダに七輪を出して母さんと秋刀魚《さんま》を焼いたときに下で待ちかまえていた、あの猫を思い出しました。

秋の転校生

大きな鉄橋に差しかかる直前にオルゴールの音楽が鳴って車内放送が流れ始めた。あと五分で着くと告げている。着くってどこに、と僕は思う。窓の外は、大きな川。その前まではずっと田んぼで、ところどころに民家が何軒かずつ建っているだけの景色が続いていたはずだ。

アナウンスで聞かされるまで町の名前さえ忘れていたような気がしてしまう。降りるべき駅を忘れるわけはないのに、たった今初めて顔を見た見知らぬ人の名前のようだった。いけない、と思いながら、しかたがない、とも思う。手応《てごた》えのない名前というものがある。町の名にしろ、人の名にしろ。いくら印象が薄くても、今日はこれからこの町で商談だ。町の名前を繰り返してみる。すると、今度は意外にも、どこかですれ違ったことのある遠い人の名前のようにも思えてくるのだった。

川沿いの土手で雨に煙って見える白っぽいものが花であることに気づいたのは、通りすぎた後だった。窓の外を振り返ってももう見えない。立ち上がり、網棚から荷物を下ろす。まばらな乗客は誰も立たなかった。次の駅で降りるのはひとりらしい。乗り換えの案内もなかったから、きっと小さな駅なのだ。窓の外にはまだ田んぼが見えている。ようやく家が増えてきた。それでも、これから五分でどんな町が開けるというのだろう。

そういえば、ここは上位に入っていた。テレビのクイズ番組での都道府県ランキングだ。正確な場所のわからない県。地図上の位置を指せという問題にタレントが頭を抱え、事前に行ったアンケートの結果が示された。誤答率が高かったのは、人口の少ない県とほぼ重なっていた。

一緒に観ていたみのりがつまらなそうに呟《つぶや》いた。

「どうせそんなことだと思った」

みのりの出身地は場所を覚えてもらえない県の一位か二位だったのだ。

「私なんて、出身地をいうと、砂漠のあるところですか、なんて訊《き》かれたりするの。みんな、日本に砂漠があると本気で思ってるのかな」

「それはみのりがからかわれているだけなんじゃない」

そういうと彼女は驚いたようにこちらを向いた。砂丘と砂漠を間違える人なんていないだろう。みのりには聡《さと》いところと鈍いところが混在していて、ときによってそのどちらが顔を出すか読めないことがあった。

「砂漠生まれだなんて、かっこいいと思うけど」

僕がいうと、みのりはほんの少し背を反らせた。すぴん、すぴん、と海中でターンする魚の背みたいだ。海と砂漠はずいぶん違うけれど、もしも砂漠に放り込まれたとしても、みのりなら淡々と泳ぎ切るだろう。そういう強靭《きょうじん》さを、みのりは隠し持っている。実際にその強さを目の前に突きつけられたことはないから、僕が勝手に感じているだけかもしれない。でも、なんとなく思うのだ。みのりはいつか、どこか全然思いも寄らないほうへ跳ねていくのではないか。彼女の不意の跳躍に僕はついていけるのだろうか。

定刻通りに着いた特急を降りると、ホームはひとつしかなかった。跨線橋《こせんきょう》を渡り、一箇所だけの改札を抜ければ、ベンチが二列並んだ駅舎にほとんど人影はない。普段出社するのと同じような時刻に新幹線に乗り、今、ちょうどお昼だ。お昼のはずだ。それが、空の暗さのせいか、低く鈍い風のせいか、夕刻を思わされる。駅舎を出ると高い建物がない。ない、というよりも、ある、という感覚に近いだろうか。丈の短い建物が、ある。その上に、重たそうに垂れ込めた雲が、ある。映画のセットみたいだと思った。

ビルがない。デパートがない。駅前の広場にはタクシーが数台止まっているだけだ。それなのになぜか、ない、という感じがしない。山が近い。ある、ということの感じはどこから来るのだろう。懐《なつ》かしいこの感じ。

北陸本線の中に売り子は来なかった。どこかでお昼を食べておこうと歩き出しながら僕は、ふと浮かんだ「懐かしい」という言葉に首を捻《ひね》っている。生まれも育ちも東京だ。この町へ来たことはない。出張でもなければ来ることもなかったと思う。似た場所を見たことがあったのだろうか。湿った風が吹いて、また、懐かしい、ような気がしている。


蔵原との仲をみのりは疑っているらしかった。

佐和子ちゃんってかわいいよね、というから、うん、と答えたのだ。そうかな、と付け足したが、遅かった。

「やっぱり」

みのりはいった。怒っても笑ってもいない、魚みたいな顔だった。

「やっぱりってなんだよ」

みのりはそこで少しうつむいた。

「そうじゃないかなとは思ってたんだ。それなら、はっきりいってくれていいんだよ」

急な展開についていけず、僕は少し腹を立てていたと思う。

「なんだよ、蔵原がどうしたんだよ。ぜんぜんタイプじゃないんだけど」

そういうと、みのりは思いがけずこちらに強いまなざしを向けてきた。いつも穏やかで、あまり感情を表に出さないみのりがこんな表情をするというのは、よほどいいたいことがあるんだろう。でも彼女はそれ以上は何もいわず、ふいっと視線を外してしまった。

タイプじゃない、という言い方は曖昧《あいまい》だっただろうか。好きじゃない、とはっきりいうべきだったのかもしれない。それから僕は、自分でも、蔵原佐和子がタイプじゃないのか好きじゃないのかどちらに近いのか考えようとして混乱する。タイプじゃないわけでもないし、好きじゃないわけでもない。でも、タイプでもないし、好きでもない。

好きなタイプは、と訊かれれば、当たり障《さわ》りのないことを答える。明るくて、気立てがよくて。べつに美人じゃなくても、愛嬌《あいきょう》があって、そうだな、どちらかといえばお姉さんタイプよりも妹みたいな子がいいかな。――好きな子ではなく、好きなタイプを訊かれたから、そんなふうに適当な答になった。それだって、もちろん、みのりに訊かれたのならもっと別のことをいっただろうけど、職場の飲み会で一般論として答えた。

でも、それがぜんぶ、蔵原佐和子にあてはまる。人懐こくて、素直で、いつも楽しそうで、たしかにかわいい。だから、蔵原は人気がある。男にも、女にも。みのりもいつも一緒にお昼を食べているはずだ。会社帰りにお茶を飲んだりすることもあるらしい。仲よくしているんだと思っていた。僕にもよく蔵原の話をしていたのだ。急に疑ったのはどうしてなんだろう。仲がよくても疑えるものなのか。それとも、ほんとうは仲はよくなかったのか。

タイプなんてただの符牒《ふちょう》だ。好きなタイプの子なら誰でも好きになるわけでもないし、そもそも好きなタイプとほんとうに好きになる子は別だ。でも、そういってしまうと、みのりが好きなタイプに入っていないと認めているみたいな気がして、つい慎重になった。

みのりは、無口で、どちらかといえば目立たないほうだ。僕は無口な子が好きなんじゃないし、目立たないから選んだわけでもない。ただ、みのりを見るとどきどきした。細くて、トビウオみたいな子だった。この子はいつか跳ねるだろう。その予感にどきどきしたのかもしれない。普段はおとなしい彼女が、いつか波の上で跳躍する姿を見たいと思った。でも、そんなことはいえない。いったらばかみたいだ。みのりが跳ねる姿を見たいなんて、勝手にトビウオだなんて。

結局、みのりのことだけが好きだといえばよかったのだと、夜更《よふ》けになってから気づいた。みのりはとうに帰った後だった。

駅からぽつぽつと続いている商店街に、昼食の選択肢はそれほど多くなかった。この町で降りて何かを懐かしいと感じたことと、午後からの商談のこと、それからみのりのことをちょっと考えていて、店をいくつか見逃していたかもしれない。

入った店は、定食屋の類《たぐい》だった。たぶん夜は酒場に近い店になるのだろう。白木のカウンターがそれらしさを醸《かも》し、後ろの棚にはウイスキーのボトルが並んでいる。中にいた髪の長い女性には化粧気がなかった。きれいな顔立ちをしているのにさびしげな感じのするその人は、スーツに大きめの鞄《かばん》を提げて戸を開けた僕を見てにっこりと微笑《ほほえ》み、いらっしゃい、といった。その声がだろうか、僕の中のどこかを波立たせた。

合板のテーブルに着くと、女性がおしぼりと水を運んできて、そのままテーブルの横に立っている。

「どっから来なったの」

「あ、東京です」

壁に貼《は》られたメニュウを見上げる間も彼女は僕を見ていた。近い。すぐそこに彼女の顔があり、否応《いやおう》なく視界に入ってくる。

「東京の、どっから」

「港区です」

やはり気持ちが波立っている。どうしてだかわからないけれど、懐かしさを感じる部分を爪《つめ》の先で引っかかれている。

「港区の、どっから」

「えっと、高輪台《たかなわだい》」

答えながら顔を盗み見る。もちろん知った顔ではない。

「ほれはまたすごいとっから」

「あ、高輪台、ご存じですか」

すると彼女はやさしく首を振った。

「知らんけど、なんや高そうな地名やし」

「いえ、それほどでも」

そう答えたけれど、高輪台は会社のある辺りだ。僕が住んでいるわけではない。謙《けん》遜《そん》するようなことではないと思いながら、ふと、この人は高輪台という名前から、高い位置にある見晴らしのよい土地を連想したのかもしれないと思った。

「仕事で来なった？」

「はい」

「どんな仕事？」

「コンピュータソフトの開発です」

「開発してる人が、なんでこんなとこに」

「あ、いえ、開発しながら営業もするもので」

「へえ、すごいんやねえ」

僕は少し困っていた。波立つ印象より面倒のほうが膨らんでくる。早く昼食を済ませ、午後からの仕事に備えなくてはならない。

「あの、ランチをお願いします」

日替わりの中身を確認することなく注文した。日替わりランチがいちばん早いだろうと思ったからだ。

「はい、ランチね、ありがとうございます。ランチ入ります」

最後の、ランチ入ります、は厨房《ちゅうぼう》の奥に向かっていい、彼女はカウンターの向こうに戻っていく。ほっとした。ようやく注文ができたからだけではない。流れるような彼女の台詞《せりふ》が僕の皮膚の裏側に立てる波を抑えきれなくなりそうだった。

ところが、すぐに僕はその不穏な波を忘れることになった。まもなく運ばれてきたランチに心を持っていかれたのだ。思いがけない膳《ぜん》だった。奥で魚を焼いていたらしい。香ばしそうな焦《こ》げ目のついた鰆《さわら》（か鰤《ぶり》かさえ僕には区別がつかないのだけど）の切り身はまだ、じゅ、じゅ、と脂《あぶら》を滴《したた》らせている。青々とした菜っ葉と茸《きのこ》のおひたし、もずくの酢の物がそれぞれ小鉢に収まり、蜆《しじみ》のみそ汁が湯気を立てている。でもなんといっても目を惹《ひ》かれたのは、つやつやと炊《た》きあげられた大粒のお米だった。

みのりがよろこぶだろう、と思った。ライバル登場、と奮い立つかもしれない。こういうごはんを彼女はこよなく愛しているのだ。お箸《はし》を取る前に心の中でみのりに手を合わせた。みのり、いただきます。

みのりは炊飯器を持っていない。ごはんはいちいち土鍋《どなべ》で炊くのだという。会社勤めをしながら、伊達《だて》や酔狂でなく毎日そんなことをしている若い女の子がすぐ近くに存在していることが驚きだった。

「ごはんって土鍋で炊けるんだ」

僕がいうと、彼女は小声で、土鍋でしか炊いたことがないから他にどうすればいいのかわからないのだといった。

「じゃあ、もしかして」

僕は半分わくわくしながら、そして残りの半分では重たい予感にとらわれながら、訊いた。

「糠床《ぬかどこ》も持ってる？」

みのりは下を向いてしまった。土鍋でごはんを炊き、糠床には季節の漬物を欠かさず、必ずお弁当にも詰めていく、そういう暮らしを恥じているかのように。

「おいしいだろうね」

できるだけ気持ちを込めてそういうと、みのりの頬に赤みが差した。

すごいね、とか、偉いんだね、とか、もう少しでいいそうだったけれど、いわなくてよかった。本人はすごいことをしているつもりでも、偉いつもりでもない。すごいとか偉いとかいわれると本気で困惑するらしい。まわりだって心からほめているわけではないのだけど。感心するよりも、好奇と興味だろう。僕だって半分はそうなのだ。

炊飯器も進化している。竈《かまど》の味に近いと謳《うた》う高価な機種だってある。タイマーで予約しておけば炊きたてを食べるのも簡単だ。それなのにどうして、わざわざ土鍋なのか。

糠床なんてもってのほかだ。毎日かき混ぜなければならない糠床を持っているなら、旅行にも行けやしないだろう。

それでもみのりは、おいしいだろうね、といわれたことであっさり僕を信用したらしい。週末には衒《てら》いもなく土鍋でごはんを炊き、糠床から出したばかりの光るような蕪《かぶ》や人参《にんじん》や茄子《なす》や牛蒡《ごぼう》、それに西瓜《すいか》や南瓜《かぼちゃ》なんてものまで出して僕を驚かす。

「夢は、ごはんと糠漬けとおみおつけだけの朝ごはん」

あるとき、みのりがいった。そうか、と聞き流しそうになった僕に、

「それでじゅうぶん、と思えるような暮らしがしたい」

のほほんとした口調でつけたした。けれども、意外なほど目の光が強かったことに僕は慌《あわ》て、気づかなかったふりをした。

「朝ごはんには納豆もほしいところだなあ」

僕ものほほんとお茶を濁した。

「うん、もちろん。硬めの、大粒納豆だよね。焼き海苔《のり》は？　だし巻き卵もいいね」

みのりはすぐに合わせてくれた。でも、ほんとうはそんな話ではなかったはずだ。みのりの目指すところが重たかった。だから、はぐらかした。

白いお米をぴかぴかに炊いて、ちょうどよく漬かった野菜と食べる。漬物をいちばんいい状態で常に糠床に用意しておくのは並大抵のことではないだろうし、一粒一粒が立ち上がるようなごはんを炊くのもたやすいことじゃない。だけど、そんな食卓は自分で自分のためにしつらえるから申し分がないのであって、たとえ朝食でもごはんと漬物しか用意されていなかったら、手を抜いたと思われるんじゃないか。きっとみのりも、実際に誰かのために朝食を用意するとなったら、干物を炙《あぶ》るとか、酢の物を添えるなどして品数を増やすだろう。そうして料理自慢の旅館の朝の膳みたいな食卓が調《ととの》う。みのりの夢見ているものとは齟齬《そご》がある。

みのりはいつ跳ぶのか。ごはんと漬物だけでしみじみして、それでじゅうぶんだなんていってないで、跳ねてみせてほしい。ごはんと漬物にそこまで労力を払うなら、もっと他のものにかけられるのではないか。

そしてたぶん、「もっと他のもの」にかけられないから、みのりはみのりなのだと思う。いつか跳躍するときのためにじっと力を溜《た》め込んでいるのではない。土鍋と糠床を大切にすることこそ、みのりの力なのかもしれない。

甘い白米を嚙《か》みながら我に返り、ちょっと笑ってしまう。みのりにしてみれば傍《はた》迷惑な話だ。恋人に期待していないで、自分が跳べよ。だけど、僕にはその力がない。地面を這《は》うような、目の前のものしかつかめない性分だ。僕にはいつも何もない。だからみのりの力に惹かれたのかもしれないし、ほんとうはみのりにも何もないから好きになったのかもしれない。

商談は滞りなく進んだ。この数年で自分のスキルが上がったことに加え、世の中のソフトへの理解度も格段に上がった。不必要な質疑応答が減り、仕事がやりやすくなっている。

契約がまとまって、ほっとしたときだった。さっき感じた懐かしさが濃くなっていることに気がついた。何がどう懐かしいのかわからないまま、僕は応接室の中を見まわす。見当たらない。懐かしいようなものは何もない。

ではこれで、と立ち上がったときに、また香った。懐かしい匂いをかいだ、気がした。違う、懐かしい音楽を聴いた感じだろうか。僕は顔を上げ、相手の顔をまじまじと見た。

「どうかしましたか」

いいえ、と僕は答える。血の流れが滞り、ざわざわざわざわ逆流しようとしている。

「あの、恐れ入りますが」

思いつきを確かめるべきかどうか、ほんの少し迷った。

「別れの挨拶《あいさつ》を、どうおっしゃいますか」

相手は怪訝《けげん》な顔をしている。

「さようなら、のことですか」

「ええ、そうですけれども、今、その前にちょっと違うようなことをおっしゃいましたよね」

しばらく首を傾《かし》げていた相手がようやく、ああ、と照れ笑いをする。

「なまた、ですかね」

「それです、それはこの辺の方言のようなものでしょうか」

「ほんならまた、が縮まったんですかね。まあ、方言ですよね。あんまり意識したことはなかったですけど。私は若い頃は東京にいたもので、話し言葉は標準語だと思ってるんですが、どうでしょう」

どうでしょう、といわれて返答に詰まる。ひとつずつの単語はいわゆる標準語かもしれないが、イントネーションが微妙に違う。喋《しゃべ》り言葉は全体的に一本調子で、語尾が歌うように伸びる。久しく忘れていた旋律。

「なまた、以外にも、さようならの意味で使う言葉がありますよね。なんだったかな、ええと」

旋律が耳に残るうちに僕は記憶を遡《さかのぼ》り、質問を重ねる。なまた、なまた、といってみる。

「どうかなあ、子供でも今どきはみんなバイバイいってると思いますがねえ」

応接室を出ながら僕は焦《あせ》っている。何か、なんだったか、すごく近づいている。懐かしい風の吹く場所まで、もう少しだ。

社屋を出て曇った空を見上げた途端、記憶の中で小さな声が聞こえた。

「ほなの」

思わず足を止めた。そうだ、ほなの、といったんだった。聞き返すと、あの子は耳まで真っ赤になったのだ。

「なに？」

僕もつい小さな声になった。もう少し大きな声でいってくれていたら、聞き取れなくてもなんとなく意味はつかめていただろう。でも、言葉そのものがわからなかった。じ、じ、とあの子はいった。僕は黙って待った。けれども、じ、と繰り返した後、彼女は目にいっぱい涙を溜めて駆けて行ってしまった。そんなつもりではなかった。彼女の言葉を他の級友たちのようにからかうようなつもりはまったくなかった。ふたりで当番日誌を職員室へ出しに行った後の、児童玄関の薄暗さがよみがえる。スニーカーに履き替えようと上履きを脱いだまま、小学四年生だった僕は遠ざかる彼女の後ろ姿をただ見ているしかなかった。

昼に駅を降りたときからこつこつとノックしていたのはあの子だったのだ。定食屋で女主人に話しかけられたときに感じた懐かしさも、商談の間じゅうずっと僕をざわつかせていたのも、あの子だった。

瑞穂《みずほ》という名前だった。新学期に合わせてではなく、中途半端《はんぱ》な季節に唐突に彼女は転校してきた。素晴らしい名前ですね、と担任がいったのを覚えている。

「日本のことを古くは瑞穂の国といったのです」

先生が紹介する間、髪を後ろでひとつに結んだ女の子は黒板の前で恥ずかしそうにうつむいていた。

「……谷川瑞穂です。よろしくお願いします」

彼女がそういってお辞儀をしたとき、なんともいえない空気が級友たちの間に広がった。おかしなことはしていないし、いっていない。それなのに、どこかが変だった。

言葉を話すときの波の山がずれる。彼女の言葉は一音の半分の半分ほどずれた旋律に乗せられていて、僕らはそれにどう反応していいかわからなかった。

それでみんな笑ったのだと思う。彼女が話すと、教室のどこかからくすくすと笑う声が聞こえる。するとと彼女はうつむいてしまう。赤くなった耳と、そこにかかる後れ毛を僕は何度も見た。彼女が授業中に当てられて、緊張のあまり余計におかしくなってしまう言葉遣いを冷やかされるのを何度も聞いた。笑うなよ、と怒鳴ったはずの僕の声は、しかし半径一メートルに届くのがやっとだ。谷川瑞穂がゆっくりと振り返る。その心細そうな顔に光が差しているのを僕は見る。いちばん届いてほしい人にだけ、僕の声は届いたのだ。

じゃあね、だなんて、誰でもいつでも簡単に口に出せる言葉だと思っていた。だけど、そうじゃない。彼女は、生まれたときから親しんできた言葉を、ぱっと脱ぎ捨てるみたいに器用に替えてしまうことができなかったんだろう。あのとき彼女は、じゃあね、という代わりに、ほなの、といったのだ。僕に気を許していたからつい出てしまったのか、それとも、僕を試していたのか。ほなの、といわれた僕が自然に手を振り返せばそれで彼女は救われたのか。

確かめようもないことばかりだけれど、ひとつだけ確かなことがある。僕は彼女が好きだった。教室にいる彼女はいつも口を結んでいたけれど、僕は知っていた。この子には、何かがある。いつか花開く力を胸の奥深くに隠している。

どんよりと曇った空を見上げて僕は少し笑った。十歳の頃から全然成長していないみたいだ。幻想だ。いつか花開く、いつか跳ぶ。そんないつかの予感に揺れていないで、今を見るべきだったと思う。

年が明け、春が来るのを待たずに彼女はまた転校していった。かつて住んでいた土地に戻ったのだと聞いた。それが、ここだ。確信があった。谷川瑞穂はここから来て、ここへ帰っていった。だから懐かしかった。あんなに波立った。

もしかしたら、瑞穂は今でもここに暮らしているのかもしれない。すっかりおとなになった彼女がすぐそこを歩いているかもしれない。でも、会ってみたいとは思わない。いつもうつむいていた華奢《きゃしゃ》な後ろ姿がどんなふうに花開いたのか、どんな女性になったのか、想像するだけのほうがきっといい。そう考えながら、駅へ向かう道で背の低い町並みを見まわしている。瑞穂がいないか探している。

瑞穂を思い出そうとして目に浮かぶのは、みのりの笑顔だ。みのりはたぶん瑞穂に似ている。似ているから好きなのではなく、好きな子がたまたま似ていた。――思わず笑ってしまう。こういうのを、好きなタイプっていうんじゃないか。北陸の低く曇った空みたいにいつもそこにあって、何か持っていそうな、今にも何かを降らせそうな、ときどきは重たくてうっとうしいような。そんなタイプだといわれてよろこぶはずもないけれど。

みのりが跳ねるところを見たい。跳ねずにおとなしいまま暮らしていくのだとしても、僕はそれを近くで見届けたいと思う。

みのりと来よう。今度、みのりを連れてこの町に来よう。僕がこの町を好み、そしてみのりをとても好きだということがきっとみのりにもわかるだろう。

うなぎを追いかけた男

ポロポロポロポロ。深夜のナースステーションにのどかな音が鳴る。夜勤の三人が同時に表示板を見上げ、緑のランプの灯《とも》った部屋番号を確認する。書きかけの日報に目を戻してから三上さんがいった。

「蔵ちゃんよ」

はい、と私は立ち上がる。わかっていた。あのランプは私だ。少なくともここしばらくの間は。インタホンに向かい、どうされました、と訊く。

――眠れないんだよ。

322号室の主がいう。

――濱岡さんの鼾《いびき》がうるさくてさ。

「わかりました、今伺《うかが》います」

インタホンを切り、ちょっと潜る。たぶん、一秒か二秒。それから三上さんと福本さんに報告する。

「322の高田さんです。眠れないそうなので、ちょっと様子を見に行ってきます」

ふたりの顔に労《ねぎら》うような笑みが浮かぶ。

「おつかれさま」

私は何も持たずに詰め所を出る。どうせ何もできない。同室患者の鼾がうるさいというのは毎晩のようにどこかの相部屋から出る苦情だ。しかし、鼾をかく患者を起こすわけにもいかず、そっと揺すって鼾を止めることくらいしかできない。それでは数分しかもたないこともわかっている。

駆けつけるとすでに患者同士が揉《も》めていることもある。具合が悪くて入院しているというのに、他人の鼾で眠ることができない。それは相当こたえるようだ。身体にというより、気持ちにだろう。昼間はうまくやっていた患者同士が一晩を境に険悪になってしまうこともしばしばある。

「濱岡さんと部屋を別にしてくれ」

322号室のドアを開けるなり、怒りを露《あら》わにして高田さんがいう。

「明日、師長と相談してみますね」

「明日じゃだめだ、今すぐにだ」

「今から移動はできないんです。ごめんなさい。ほんとうに大変だと思いますけど」

私が頭を下げると、高田さんは濱岡さんの鼾がいかにしつこいか説明を始めた。それが済むと今度は自分の身体の不調に移った。どうもおかしい、あちこちが痛い、と訴えた後は、入院の前まで遡《さかのぼ》る。どんなに体調が悪くてつらかったか、それなのに同居する息子夫婦がどれほど冷たかったか。

午前二時だった。ふたり部屋の片隅で、私は高田睦朗という六十九歳の肺疾患患者の訴えを聞いている。ほかにも仕事はあるから、もっと急を要する患者がいるかもしれないから、適当なところで切り上げようと頭の隅で思っている。でも実際には、ただ立って高田さんの不満や愚痴を聞いている。高田さんへの同情からだけではない。ここで切り上げてナースステーションへ戻れば、発散しきれなかった高田さんの欲求不満がきっと濱岡さんを狙《ねら》うだろう。

濱岡さんというのは、高田さんとちょうど同じくらいの年恰好の、高田さんとは対照的な模範患者だった。大きな鼾をかくことも信じられないくらい穏やかな人だ。

病院の規定では、眠れないと訴える患者には医師の約束指示で軽い睡眠導入剤を渡すことができる。眠れない原因が同室患者の鼾だったとしてもだ。睡眠導入剤は、しかし、ありがたがられることもあれば、激怒されることもある。今すぐ病室を移せ、それができなければこのまま家に帰せ、と騒いでいた患者が、薬を手にした途端に落ち着くこともあったし、鼾をかく者にこそ薬を飲ませて鼾もかけぬほど深く眠らせるべきじゃないかとすごまれることもあった。

個人的な意見をいえば、睡眠導入剤は飲みたくも飲ませたくもない。しかし、私の個人的な感想を求められているわけではない。薬を出す、といってみようか。でも、もし高田さんが薬に激昂《げきこう》したら、と思うと躊躇《ちゅうちょ》した。ずいぶん慣れたつもりでいても、こんな夜更《よふ》けに怒鳴られたりするのはやっぱりつらい。

気がつくと、私は潜っていたらしい。数秒間のことだったと思うけれど、高田さんの話が耳を滑った。

潜る、というのは看護師仲間内での隠語のようなものだ。どこへ潜るのかというと、意識の底へ、だろうか。ふっとその場から意識が遠ざかるような感じ。でも、離れるのではなく、自分の中へ潜っている。ときどきは、実際に目の前で起こっていることとはまったく別のものを見ていることもある。バウムクーヘンを食べている自分や、公園でブランコに乗っている自分。いろんな自分の姿を背中から見ている。実際にそんな場面があったかどうかはわからない。きーこ、きーこ、とブランコを漕《こ》いでいる自分を見て、はっと我に返る。するとそこは病棟だったり、明け方のナースステーシヨンだったりする。

「まあ一種の現実逃避だろうね」

三上さんがいっていた。潜る不安を若い看護師が訴えたときのことだ。私ひとりの妄想癖かと思っていたから安心した。

「潜るようになれば看護師として一人前ってことよ」

三上さんはそんなふうにもいっていた。そうだろうか、と思う。危ない、とも思う。睡眠不足が続いてひどく疲れていたり、医師や患者やその家族たちから理不尽な態度を取られたりするときに、一瞬ここではないどこかへ逃げる。それが潜るということなんだろう。時間としては一瞬であっても、潜った後は気持ちがしゃんとし、疲労が少し軽くなる感じがする。

でも、その「一瞬」が、患者に注射針を刺す一瞬だったら。もしくは、「一瞬」のつもりが、「一分」潜るようになっていたら。どうしよう。ぞっとする。いや、実際のところ、五秒を超えたら危険だと思う。三上さんに相談していた若い看護師は、ほどなくして辞めてしまった。辞めれば潜ることもなくなるだろう。

高田さんは不満を吐き出してすっきりしたのか、険が取れていた。

「夜中に悪かったね」

最後にはばつの悪そうな顔で小さく頭を下げさえした。薬は出さずに済みそうだ。濱岡さんの鼾はいつのまにか収まっていた。

夜勤明けの身に地下鉄はきつい。これから出勤するのであろう人々の波に揉まれ、その覇気にあてられるようなところがある。普段はどうということのない走行音が鼓膜で膨張する。窓に映る顔はむくんで不機嫌で、だから私はずっと下を見ている。吊《つり》革《かわ》につかまり、軽く目を閉じる。

うなぎだよ、うなぎ。ふと高田さんの声が耳の奥によみがえる。なあ、うなぎ、好きか、と私に訊いた、焦《あせ》ったような少し媚《こ》びを含んだようなその声。駅が近づく。轟《ごう》音《おん》と共に地下鉄が地上へ出る。目が眩《くら》む。

やめてほしい。私は看護師なのだ。鬱《うっ》憤《ぷん》でも愚痴でも、患者が発散したいならできる限り受けとめる。その覚悟はある。だから、必要以上には近づかないでほしい。自分の足場を見失ってしまいそうになる。

家に帰り着くと、とっくに出勤しているはずの妹がパジャマ姿のままテーブルでパンを食べていた。

「あれ、今日、休み？」

私が訊くと、佐和子はにかっと笑って、ズールー、と答えた。ズル休みのことだろう。ちょっと力が抜ける。肩の力じゃなく、膝《ひざ》のあたりか。踏ん張っていた足がかくんと前に折れそうな。妹がズル休みしようがどうしようが私には関係ないはずなのだけど、ものすごく疲れて帰った朝は、特にかくんとくる。

そういえば子供の頃から佐和子はズル休みばかりしていた。面倒なことはパスして通る要領のよさに感心はするものの、うらやましいとは思わない。血がつながっているはずの不思議な生き物を観察しているような気分だった。

「だいじょうぶ、だいじょうぶ。普段はまじめにがんばってるからさあ」

佐和子は屈託なく笑う。たしかこないだは、雨が降っているからといって休んでいた。雨くらいで休んでいたら、普段どんなにがんばっていたとしてもバツだろう。梅雨はどうするの、と訊いたら、傘さしていくよ、といっていた。その後、ぴちぴちちゃぷちゃぷらんらんらん、などと口ずさんでいたくらいだから雨が嫌いというわけでもなさそうだ。

「少しは眠れた？」

佐和子に訊かれて首を振る。夜勤でも、運がよければ三十分ほど仮眠を取れる日もある。その三十分があるかないかで精神的にも肉体的にも疲労度はまるで違った。

「ちょうど手の空いたときに、患者さんに呼ばれちゃったんだよね」

私はテーブルを挟んで佐和子の向かいの椅子を引き、どすんとすわる。身体が重い。昨夜の高田さんの愚痴が何日も前のことのように感じられる。うなぎ、といっていた今朝のあの声も。

「またお姉ちゃんご指名の患者さんか」

カフェオレに手を伸ばしながら妹はさらりといった。ほんとうは、ちょっとばかにしているのだ。指名なんかされるから、それを断りもしないで受けるから、よけいな面倒を抱え込むんじゃないの。

指名されたってただ忙しくなるだけで何もいいことはない。それは私もよくわかっている。一度指名で呼ばれると次も来る。ひとつこなすとそこにいくつもついてまわる。何号室のナースコールは誰に、と決まってしまう。ちょうど322号室のように。

佐和子はそれ以上何もいわない。だけど口に出さないだけで、思っていることはちゃんと伝わってくる。お姉ちゃんはばかだ。可愛《かわい》くて利口な妹はそう思っている。

病院で奉仕するばっかりで、それがお姉ちゃんの人生の貴重な時間を奪ってるんだよ、そのうちに病院に人生を乗っ取られちゃうかもしれないよ。そういって脅していた頃はまだよかった。今は、そんな直接的なことはいわず、でももっとタチが悪い。

お風呂《ふろ》上がりにテレビを観《み》たりしているときに、脈絡もなく、明るい声でいう。

「理想は外で死ぬことだなあ」

外で、たとえば散歩の途中で突然後ろからダンプカーに轢《ひ》かれて即死できたらラッキーだなどという。どうせいつか死ぬのなら、長く苦しんで死にたくない、と。

気持ちがわからないわけではない。わかりすぎるくらいだ。病院の規格にきっちり則《のっと》ったような四角四面の死がときどきどうしようもなく嫌になることが私にもある。だけど苦しむことなく外で死ねたら、それはほんとうにラッキーなのかもしれない。だけどそれを認めてしまうわけにはいかない。そんな死に方は——どんな死に方も——選ぶことなどできないのだから。生まれてくるのを選べないのと同じように。だから、せめて少しでも望みに近い最期《さいご》を迎えることができるよう、ほんの少し手伝いをするのが私の仕事だと思っている。

ところが、外の次は内だという。外でなければ家で死にたいのだと佐和子は髪をふわふわさせながら、鼻歌でも歌うようにいった。

「家で普通に死にたいの」

口を開く気にもなれない。佐和子、あんたこそ世間知らずのばかだ。家で死ぬのは普通じゃない。そんなことさえわからないなんて。誰が佐和子を家で看取《みと》るというのだろう。

「病院で少しずつ死んでいくのって最悪じゃない」

続けて佐和子がそういったとき、なあ、うなぎ、とまた声がした。

「なんにも楽しいこともなくて、病室に縛られてただ生きてるだけなんて――」

「ただ生きてるのと、佐和子が生きてるのとはどこが違うの？」

話を遮って急に声を荒げたから、佐和子はすごく驚いた顔をした。かまわず続けた。

「元気なのはそんなに偉いの？　ただ生きてるなんて、簡単にいわないでよ」

「ごめん」

即座に妹が謝る。この子が謝るのはズル休みと同じだ。その場をとりあえずスキップしてしまおうという気持ちでしかない。

「お姉ちゃん、怒らないで。私のいい方が悪かったなら謝る」

私はべつに怒っているわけじゃない。悲しいのか、悔しいのか、腹立たしいのか、どれとも似ていてどれとも違う。まして怒っているわけじゃない。生きるとか死ぬとか、他人事《ひとごと》としてしか考えたことのない人間が生き死にを話すのを聞くと、途端に息が苦しくなる。それだけだ。

「ほんとにごめん」

「いいよ、もう」

重い身体を起こし、椅子から立ち上がる。

「寝るわ」

佐和子は、おやすみ、と小さな声でいってから、慌《あわ》てて、

「あ、そうだ、お姉ちゃん、今日あのバッグ貸してくれない？」

と、うれしそうに目を輝かせた。

「デートなんだあ」

いいよ、と答えながら、ふと、この子は潜ることなど一生ないだろうな、と思った。潜らない人生のほうが健全でいい。

「うなぎ、うなぎ、うるさいんだよ」

今朝のことだ。ナースステーションに現れた高田さんは、私を手招きすると眉《まゆ》を顰《ひそ》めてみせた。鼾がうるさいと呼びつけられてから六時間ほど経《た》っていた。高田さんはその間にきっと眠れたのだろう。

「誰がうなぎですか」

「違うんだよ、濱岡さんの話」

違うも違わないも、高田さんは濱岡さんの文句ばかりいっている。

「濱岡さんがうなぎの話を？」

「うなぎは奥が深いとかなんとかさ、聞いててもちっともわかんないけどよ」

濱岡さんの話を案外高田さんは聞いている。ふんふん相槌《あいづち》を打ちながら聞いているのかもしれないな、と思ったとき、

「あいつんとこ、見舞客、女ばっか」

面白くなさそうに高田さんがつぶやいた。

「あら、そうなんですか」

驚いたふりをしたけれど、ほんとうは知っていた。ただし、女ばっか、というほどでもない。そもそも濱岡さんにも高田さんにも見舞客はほとんどない。

「若いのから年寄りまで、よくもまあ」

私が見た限りでは、322号室を訪れた女性客は三、四人というところだ。同じ人物が二度訪れているかもしれない。どちらにせよ十日間に三、四人ならそう多い勘定でもない。

「それでさ、その中のひとりにあいつがぽろっと話したんだよ――まあ俺が思うにあ

れが本命だな、四十半ばの、力がすっと抜けた感じの、けっこういい女なんだよこれが。蔵原さんも見たかい」

話が長くなりそうだった。もうすぐミーティングだ。できるだけやんわりと話を遮ろうとしたとき、ナースステーションの奥から保坂さんが声をかけてくれた。

「蔵原さん、昨日の日報、どうなってる」

はい、今行きます、と振り返る。気を利《き》かせてくれたのだろう。

「すみません、ちょっと立て込んでますので」

ナースステーションへ戻ろうとすると、高田さんが恨めしそうにいった。

「口説くのに、うなぎだぜ」

曖昧《あいまい》に微笑んで部屋へ入る。高田さんの縋《すが》るような声が追いかけてきた。

「なあ、うなぎ、好きか」


十日経つと患者が変わる。入院してくるときは誰しも具合が悪いから治療と安静に専念して他のことには気がいかないものだけど、数日経って容態が落ち着いてくると徐々に病院内のあれこれを眺めまわす余裕が出てくる。退院の目処《めど》が立つ人もそうでない人も、だいたい十日で患者はむくっと起き上がるのだ。それはもうほんとうに、むくっと、その患者本来の人となりが露《あら》わになってくる。最初の一週間、おとなしくて従順だった患者が、十日を過ぎて急に横柄《おうへい》になったり投げやりになったりし、そのたびに看護師たちはため息をつく。

その点、322号室のふたりは最も変化の少なかった部類だといえるかもしれない。ひとりは初めからわがままで愚痴っぽく、もうひとりは温和で無口なままだ。

「入院慣れしてるんじゃないかしらね、自分の家みたいなつもりでいるのよ」

今や看護師たちの不人気ナンバーワンとなった高田さんはそう噂《うわさ》されていたけれど、自分の家でもあんなふうだったらさぞさびしい人生だろうと思う。入院して勝手がわからず、病状の不安もあり、それでついわがままや愚痴が出るんじゃないだろうか。

「蔵ちゃんは人がいいからなあ」

同僚たちは私の考えを笑う。だから指名されちゃうのよ、と。指名されて得することはない。でも、指名されるような看護師がひとりもいなかったら、彼らの入院生活は味気ない。まさか自分が「味気」になろうなどと意気込んでいるわけでもないが、では私自身の生活の「味気」は、と考えると、案外患者たちからの指名だったりするのかもしれない。

「ほんとうに蔵ちゃんは人がいい」

呆《あき》れたように笑う三上さんや保坂さんの向こうに、佐和子の顔が浮かんだ気がした。

「うなぎがお好きなんですか」

夕方の巡回で血圧を測りながら訊いたら、濱岡さんはわずかに微笑んだ。でもそれだけだった。高田さんがいっていたほどうなぎに気乗りした様子はない。当の高田さんもちょうどベッドにいなかった。話が続かず、血圧を測り終えると私はそそくさと器械を片づけ322号室を出ようとした。そのとき、濱岡さんが私を呼びとめた。

「看護婦さん、『夢は枯野を』って俳句あるでしょう」

初めてかもしれない。濱岡さんから話しかけられることなどこれまでたぶん一度もなかった。

「あの上の句、なんていうんでしたかね」

私はしばし考える。俳句に上の句なんてないけれど。

「旅に病《や》んで、じゃないですか」

「そうでした、そうでした」

濱岡さんの頬が緩む。二度ほどうなずいて、あとは私が戸を開けて出て行くまでもうずっと窓の外を見ていた。旅に病んで。濱岡さんは旅の途中で病に倒れたのだろうか。あるいは大事なのは〝下の句〟か。——夢は枯野をかけ廻《めぐ》る。濱岡さんにもかけ廻りたい枯野があったのだろうか。

ナースステーションへ戻る途中の廊下で、高田さんが待ちかまえていた。

「またあの女だよ」

「はい？」

「ほら、こないだ俺がいったろう、本命はあの女だって」

濱岡さんの話だった。

「あの女がまた来たんだ。そんなんじゃないって、あいつ俺には否定するんだけどさ、同じマンションの住人だとか管理組合の用だとかいって——で、今度はその女が絵葉書持ってきてさ、あいつそれを見て、またうなぎの話してんだよ、まだるっこしいや。あれで口説いてるつもりかね」

「絵葉書にうなぎがいたんですか」

「うなぎの絵葉書なんてあるもんか、ぜんぜん普通の絵葉書だったさ。息子、っていってたっけ、その女の息子。そいつがどこか南のほうの国から寄越した葉書をさ、あいつしげしげと眺めてるんだ」

「そして、うなぎの話になったんですね。どういうことでしょう。……それにしても高田さん、ずいぶんよく聞いてたみたい」

　高田さんはちょっときまり悪そうに、

「いや、それでさ、どうもあいつは」

　そこでいったん声が途切れた。

「どうやらずっと追いかけてたみたいなんだな」

「濱岡さんがですか。何を？」

「うなぎを」

　魚籠《びく》から逃げるうなぎ。それをつかもうとする男。うなぎがぬるぬると這《は》っていく。男が慌てて追いかける。その背中はあのまじめそうな濱岡さんとは重ならない。

「うなぎってさ、卵が見つかってないんだって」

「え？」

　卵。意外なところへ話が飛んだ。

「だってほとんどが養殖ですよね、卵で増えるんでしょう？」

「いや、養殖じゃ孕《はら》まないらしいんだよ。だから海でうなぎの稚魚をつかまえてきてそれを育てるんだ。不思議な話だよな。繁殖の仕方がいまだにわかってないなんて」

「ほんとうですか」

そんなことがあるだろうか。だいたい、うなぎは淡水魚じゃなかったか。

「それで、奥が深いとか謎《なぞ》ばかりだとかいってたんだな。あいつはうなぎの謎を追いかけていろんな海に出たらしい」

最後は意外なほどまっすぐな声になった。


それきり、うなぎのことを忘れていた。高田さんはあまり濱岡さんの噂をしなくなった。入院からひと月ほど経った近頃はわがままもナースコールもめっきり減っていた。

めずらしく佐和子が一緒に旅行に行かないかと私を誘うので、休みを合わせて出かけることになっていた。少し浮かれていたかもしれない。322号室にすっかり慣れていたせいもある。普段なら患者に私事を話したりはしないのに、何かの弾みについっとこぼれた。

「へえ、妹さんがいるのか。いいねえ、ふたりでどこ行くんだい」

「台湾です」

するとか小さなため息が聞こえた。濱岡さんだった。

「懐かしいねえ。私もずいぶん長く台湾にいましたよ」

「濱岡さん、台湾に住んでらしたんですか」

「いえいえ、住んでたわけじゃない。旅でさえありません。いただけです。それも、台湾の南の海の上に何日も何日も」

高田さんがにやにやと口を挟む。

「大きな船に乗って、台湾の南方でうなぎを探してたんだとさ」

うなぎ。久しぶりに聞いた気がした。

「こう見えてこの人、偉い先生だったらしいよ」

「いえ、偉くなんか」

「謙遜《けんそん》すんなって」

そういう高田さんこそ、偉い先生と話しているようにはちっとも見えない。

「知る人ぞ知る、うなぎの学者先生なんだって。うなぎっていやあ俺なんか食い気ばっかりだけどねえ」

うなぎの何をどう研究するのかと思わず間抜けな質問を口にした私と、濱岡さんの柔和な目が合った。

季節になると川からうなぎの姿が消えるそうだ。産卵のために海へ戻るのだが、近海ではない。経路もわからないその場所を突き止めるのが研究者たちの長年の課題だったという。もちろん卵も発見されていない。それどころか、卵を抱えた親うなぎさえ姿を見られたことがない。どこかでひっそりと産卵が行われ、親は死に、稚魚は育つ。ようやく人間が目にすることができるのは、すでにある程度大きくなってどこからともなく現れる稚魚だ。

「昔だったら、へえ、おかしなこともあるもんだ、なんて聞き流してただろうよ。うなぎを追って何千キロも航海したって聞いても、そりゃまた物好きなことで、くらいにしか思わなかったさ」

そこで高田さんは隣のベッドをちらりと見た。

「だけどさ、この歳《とし》になると、なんだか身にしみるんだな。死んでいく時期も場所もちゃんと決まっててさ、最期《さいご》はそこへ向かって旅をするんだ。そこだろ？　そこに魅《ひ》かれたんだろ？　生まれてくる場所と死んでいく場所を確かめたくて――」

「違いますよ」

濱岡さんが静かな声で遮った。

「そんな恰好のいいものじゃない。うなぎにかこつけて私はただ船旅をしたかっただけなのかもしれない」

「でも、こういっちゃなんだが、うなぎとあんたがかぶるんだよ。うなぎを追いかけて、あんた、自分の来《こ》し方《かた》を考えたかったんじゃないの」

濱岡さんの顔がほころんだ。

「わかりません」

濱岡さんは細めた目をしばらく壁のカレンダーの辺りにさまよわせていた。

「結局、私には何もわからなかった。うなぎが生まれて死んでいく場所も、自分が何のために生まれて死んでいくのかも、わからないままです。ただただあちらの海、こちらの海、と航海し続けて、気がついたらこんな歳になっていました」

「こんな歳って、俺と同い歳なんだよ。そんなふうに見えないだろ」

高田さんが茶化す。自分のほうが断然濱岡さんより若く見えると思い込んでいる口調だ。

「今ではこうして人から旅先を聞いたり絵葉書を見せられたりして、ああ懐かしい、と思うだけです」

濱岡さんは元通りの穏やかな顔でいった。

「そして私はきっとそう長くないでしょう」

「おいおい、縁起でもないことといわないでくれよ」

ベッドの上にがばっと身を起こした高田さんがすごい剣幕でいう。

「退院したら俺も連れていってくれよ、うなぎ、一緒に探そうぜ」

いってしまってから照れくさくなったのか、そのままベッドを下り、ちょっとご不浄、などという。腕には点滴をつけたまま、ごろごろと点滴台を引きずって高田さんが部屋を出て行く。探しても見つからない。考えてもわからない。そういう大きなものに押しつぶされないように私たちはただ生きていく。ただ食べ、ただ眠り、ただ夢を見て、看護をし、看護され、ある者はうなぎを追いかけて。時間切れになる前に、どこかへたどりつけるのか、何かを見つけられるのか、たぶん誰にもわからない。

部屋から始まった

目を見て脈に触れるだけでどんな身体の不調もぴたりといい当てる医者がいるという。

「すごいと思わない？」

伊東さんがもったいをつけるように奥のテーブルからゆっくりと全員の顔を見まわす。

「それで肩こりが嘘みたいに治っちゃったんだから」

へえ、とまわりが身を乗り出したのがわかる。

「こう、椅子にすわって目を見せるでしょう、瞼の裏をちょちょっとひっくり返されて、それから手首の脈を取って。それだけで肩こりと偏頭痛をいい当てられたの」

「それだけ？　ほかには何もしないの？」

「問診とか」

「聴診器とか超音波とか」

矢継ぎ早に質問が飛ぶのを、少し離れたところで聞いていた。職場の昼休み、会議室で、私の前には近くのデリで買ってきたオムライスと豆のサラダがある。お腹《なか》は空《す》くのに、いざ食べようとすると喉《のど》に何かつかえているような違和感があった。ふたくち、みくち、箸《はし》をつけるともう胸がいっぱいになってしまうのだった。

ほんの少し前まで私もあのにぎやかな輪の中にいた。今もべつに誰かと仲が悪くなったわけでも、誰かに疎《うと》まれているわけでもない（と思う）。でも、食欲がなくなってきたのと同時に、この頃なんだかいろんなことが億劫《おっくう》になってしまった。朝早く起きるのも、自分でお弁当をつくるのも、そしてにぎやかな同僚たちと昼休みの間じゅう談笑するのも。

それで、昼休みは少しだけ距離を置くことにした。といっても同じ会議室だ。わざわざ別室に移るほどの、そのために波風を立てるほどの気力もない。会議室の隅に、ひとりですわる。ちょっとぼんやりしたいから、と説明すると、みんなうなずいてくれた。話しかけられれば普通に話すし、ときどきは持参したお菓子なんかを配ったりもする。ただ、この二、三日はそれさえも億劫になってきていた。

「出された薬がまた効くのよ」

伊東さんは輪の中心で得意げだ。

「でも、薬じゃないの。あの先生のパワーがすごいんだと思うのよ。なんかさ、この人に任せてみようって気になっちゃうんだよね。診てもらうだけで半分は治ったような感じ」

へえ、と声が上がる。

「それってほんとうにお医者さん？」

「その人かっこいい？」

同時に聞こえた声は福田さんと佐和子ちゃんだろう。聞くともなしに聞いていた私はオムライスをあきらめ、プラスチックのふたを閉める。

「どこそれ、どこにあるのその病院」

パックを袋に戻そうとしていた指が止まる。聞き耳が勝手に立っている。

「台湾」

一瞬、沈黙があった。

「なんだあ、台湾かあ」

すぐに誰かがいった。私が心の中で思ったことをそのまま代弁してくれたような台詞《せりふ》だ。でも、声音が違う。どこまでも弾んでいきそうな声。私は一瞬目を上げて声の主を見た。

「いいなあ、あたしも行きたいなあ」

そういって両手で頬を挟んでいる佐和子ちゃんを、私はかわいいと思う。この人がこっそり北村さんと、と考えそうになって慌《あわ》てて頭を振る。何かの間違いに決まっている。

「じゃあ伊東さん、こないだの月曜の有休、台湾だったの」

「あー、月曜休んで正解。代理店とのトラブル、最悪だったよねえ」

「ねえ」

「そのお医者さん、混んでる？　私も診てもらいたいなあ」

「何でもいい当てられたりしたら、かえって怖いんじゃない」

輪のメンバーが一斉に口を開いた。みんな楽しそうでいい。特に、佐和子ちゃん。どうしてあんなに楽しそうなんだろう。結局それがこの昼休みの感想かと思うと、自分で自分にげんなりした。

午後になってむずむずしはじめた。どこが、何が、と特定するのはむずかしい。強いていうなら体の芯《しん》のあたりがむずむず動こうとしている。胸からクシャミが出そうな感じ、胸の骨の裏側あたりが痒《かゆ》いような感じだ。

「それって比喩《ひゆ》のつもり」

夜、バーのスツールで、北村さんに訊《き》かれた。気のない声だった。

「比喩といえば比喩かもしれない」

「依子《よりこ》は変だな。ほんとにクシャミが出るわけじゃないんだろ」

うん、と私はうなずく。

「出そうな感じがするだけなんだけど」

喩《たと》えが悪かっただろうかと考えながら、でもやっぱりむずむずしている。今にもクシャミが出そうだ。出てしまえばかえって楽だろう。あるいは、症状を丁寧に診断してもらえれば、それですっきりするのかもしれなかった。そう思いついた途端、ぱっと視界が晴れた。

「そっか、診てもらえばいいんだ」

大きな声を出した私を、隣のふたり連れが振り返る。

「診てもらうって、こないだ会社の健康診断受けたばっかりじゃないか」

北村さんが顔もこちらに向けずにいう。

「異常なし。健康体だって自慢してたよな」

健康診断でこのむずむずがわかるだろうか。この人はなんにもわかっちゃいない。わかろうともしていない。そっと窺《うかが》うと、彼はもう話は終わったとばかりに頬杖《ほおづえ》をついて薄暗いカウンターの壁を眺めていた。

台湾の医者に診てもらおう。そうだ、そうしよう、そうするしかない。私の決意は胸の中で拳骨《げんこつ》くらいの大きさになる。北村さんには問診をする気もないのだ。まして治せるはずもない。それにもしかしたら、と私は整った横顔をふたたび横目で盗み見る。この人こそがむずむずの元凶なのかもしれない。いっそのこと名指しでそこまでいい当ててもらえたらどんなに清々するだろう。

それなのに、生ぬるい。背の高いグラスの中で氷が溶けていくのを眺めながら、やっぱり私は彼に期待をしている。私に向かってひとことでもいい、何かやさしい言葉をかけてくれないかと待っている。どうしてこんな人を好きになっちゃったんだろうとたぶん何十回目かに思いながら。胸の奥のむずむずをなんとかやり過ごしながら。

はじめは北村さんのほうが熱心だった。私がやっと温まったところで、彼は急に冷えて固まった。その熱の落差に私はまだついていけないでいる。

「これからどうする？」

ゆっくりとこちらを振り向いた北村さんの目に光を探している。もう少しだけ一緒にいたいと思ってしまう。一緒にいさえすれば彼の温度を取り戻せるわけでもないとわかってはいる。でも一度でも断ればそれで終わりになりそうで、怖い。

ところが、店を出てタクシーをつかまえようとしているときに、むずむずが走った。今までは皮膚の内側を這《は》っている感じだったのが、はっきりと立ち上がって走った。だめだ、と思った。タクシーには乗れない。このむずむずをなんとかしなくては、どこで誰に向かってクシャミしてしまうか、わかったものじゃない。

今日は帰ろう。一瞬怪訝《けげん》そうな目で私を見た北村さんは、しかし引き留めることなくあっけなく片手を挙げてみせた。これでよかったのだ。引き留めてもくれない人といつまでも一緒にいたって情けないだけだ。そう自分にいい聞かせながら、地下鉄の駅へ向かう。とぼとぼとむずむずが混じりあって、足もともおぼつかない。早く行こう。台湾の医者に診てもらおう。

地下鉄を降り、駅のモールの本屋へ寄る。台湾のガイドブックを一冊買って、凍えそうな道を急いで帰る。ひとりの部屋でストーブをつけ、着替えもしないでキッチンの椅子にすわる。足を投げ出して頁《ページ》をめくる。

台湾へは成田から三時間。首都は台北《タイペイ》。それくらいは知っている。公用語は北京《ペキン》語で、英語は日本並みにしか通じない。症状ぐらい北京語でいえるよう練習しておこうと思う。でも、むずむずする、ってどういえばいいんだろう。日本語でもうまく伝えられないこのむずむずを、どう説明すればいいだろう。

　ガイドブックを開いたまま、思いをめぐらせる。どこに泊まろう。何を着ていこう。そうだ、新しいセーターを一枚買ってもいい。さっきの本屋の向かいのショーウインドーに、明るいセーターが踊るように飾ってあったのを思い出す。

　明日、伊東さんに例の医者についてちゃんと教えてもらおう。医院の名前や、場所や、予約方法も。そう思いながら私はいつのまにかテーブルで眠ってしまっていたようだ。はっと気がつくと、すっかり夜は更《ふ》けていて、頰にガイドブックの頁の跡がついていた。おぼろげな夢に北村さんが出てきた。本物の北村さんよりもずっとやさしい目をしていたのに、近づこうとするとふるっと消えた。


　それで今、台北にいる。まさかまさかと思いながらネットで医院に予約を入れ、眼が乾くまで宿を探し、飛行機のチケットを手配してしまうまで夢中だった。まさかまさかだ。まさか、あの何もかも億劫だった私が？　まさかひとりで台湾へ？

　海外どころか近場への旅行に誘われても億劫に感じてしまう、いつもの私とはまるで別人だ。別人が勝手に予約を入れた。その別人はまた勝手に有給休暇申請書に記入して上司に提出してもいた。別人も特に気が大きいわけではなさそうで、週末に一日足しただけのささやかな申請ではあったのだけど。

それにしても、このにぎやかな通りは、どうだ。人々の活気と車の喧噪《けんそう》とに圧倒されるように早足で歩く。むずむずも圧倒されているのか鳴りを潜めているようだ。

伊東さんに教えてもらった医院は台北の繁華な通りに面したビルに入っていた。一階に店舗の入ったビルの二階へ階段で上がる。医院の扉の前に立つ。ビルのワンフロアなのにチャイニーズふうの門構えがあって、その奥に入り口がある。赤や黄色の文字が書かれた門をどきどきしながらくぐると、にぎやかな患者たちが待合室にあふれていた。ほんとうにここで私の身体のむずむずは「ぴたりといい当て」られるのだろうか。いい当てられて、私はどうなるのだろう。待合室のソファに腰を下ろしてから、不意にその先が怖くなる。

番号を呼ばれて診察室に入る。白衣を着た中年の男性がこちらを向いてすわっている。その顔をひと目見て、日本の中堅俳優に似ている、と思った。傍に愛想のない顔をした女性が立っている。こちらは白衣を着ていないから、看護師ではなくて通訳だろう。通訳が簡単な日本語なら訳してくれると伊東さんに聞いて安心していたけれど、この人が医者と私の仲立ちをしてくれるんだろうか。急に不安になってしまう。むずむずします。北京語で何度も練習した言葉が喉元からこぼれそうだ。

示された椅子に腰を下ろすなり、医者がじっと私の目の中をのぞき込む。それから手を伸ばして目の縁に軽く触れ、そのまま下へ引っ張った。手を離したかと思うと今度は手首に指を三本当てられる。十秒、十五秒、おそらくそれくらいの時間だ。その間に目の前の医者が中堅俳優ではなく、喜劇役者だったように思えてくる。名前は何というんだったか、テレビでときどき見かける顔だ。

医者はいつのまにか私の背後にまわり込んでいた通訳の女性に向かって何か早口で喋《しゃべ》り、それを彼女が抑揚のない声で訳す。

「あなたの、中で、すべてが、滞って、いる」

それはもしかすると訳したがゆえにわかりにくい文章なのかもしれなかった。すべてが、滞って、いる。どういうことだろう。私は息を殺して次の言葉を待つ。

医者がひとことつけ加えた。私の頭上を飛んだ言葉をつかまえて、即座に通訳がいい換える。

「流すこと、できない、性質」

私は通訳を見、それから医者のほうへ視線を戻す。医者がさらに言葉を足す。流《りゅう》暢《ちょう》とはいえない日本語が、目の前の男とは別の口から語られる。

「流しなさい」

どちらと目を合わせていいのかわからなくて視線が宙をさまよう。その途端、ふわっと椅子が浮くような錯覚があった。

わざと、だ。たどたどしい日本語も、医者と通訳、ふたりで私ひとりを挟むのも、計算ずくなのだ。単純な言葉が、ものすごく複雑な衣装をまとって私の前を舞っている。今に私に取り憑《つ》いて離れなくなるだろう。そういう仕掛けだ。

それからこの匂い。変わった香木を焚《た》きしめたような、濃いシナモンのような、この匂い。甘いのとも違う、洗練されているような土着的なような、あやしい匂いが診察室に満ちている。

これらはすべて仕掛けなのだと頭の隅で私は思っている。伊東さんもこの仕掛けに参ったに違いない。それなのに、流しなさい、にうなずこうとしている。何を流すのかわからないまま、うなずいてしまえば気持ちがいいと私の身体が訴えている。

医者はしかし、最後に思いがけないことをいった。

「泳ぎなさい」

仕掛けに酔ってしまうほんの少し手前だった。わけがわからずに私は医者の顔を見つめた。

「泳ぐ？」

通訳が訳し間違えているのかもしれない、と思う。手で水を掻《か》く真似《まね》をしてみせると、医者は重々しくうなずいた。

はあ、と間の抜けた、返事とため息の中間のようなものが漏れる。泳げません、といってみる。伝わるはずもない。通訳は黙ったままだ。もう一度、手を蛙《かえる》のように開いたり閉じたりしてから、大きく首を振ってみせる。泳げません。

医者は私のその仕種《しぐさ》にうなずいた。だめだ、伝わっていない。なんとか伝えようとして、それから、だめなのはそこじゃない、と気づく。泳げないのがだめなんじゃなく、泳げないことを伝えられないのがだめなのでもなく、泳げと指示されることがだめだ。むずむずするのを治したいのだ。どうして泳ぐことになるのか。

診察は終わったようだった。無言で促されて立ち上がる。こんなことなら仕掛けに酔ってしまえばよかった。よし、泳ごう、と素直に思えたなら楽だった。わざわざこんなところまで診てもらいにきて、処方は「流せ」「泳げ」だなんて、あんまりじゃないか。

本来は五日分までしか出さないけれど日本から来たのなら二週間分出しておきます。

そういって渡された大きな紙包みに戸惑う。何の薬ですかと尋ねると、受付の女性はわからないと首を振ってみせる。薬の内容がわからないのではなく、日本語がわからないようだった。

医院を後にして、台北の街を歩く。目についた店に入ってお茶を頼み、ほうっと大きなため息をつく。医者の言葉を反芻《はんすう》してみる。流せ、といっていた。とにかく、身体に滞っているものを流すこと。それから、泳げ、とも。謎《なぞ》かけみたいだな、と思った。

バッグにしまってあった薬の袋を取り出す。一包ずつ蠟紙《ろうがみ》で五角形に折られている。流せ、と処方された薬だということは——さて、何の薬だろう。ときどき服用する便秘薬に似ている。風邪薬にも似ている。何をどうやって流すのだろう。発汗作用があるのかもしれない。それから、ふと思いつく。もしかしたら、涙。

少し迷ってから、飲んでみることにする。

一息にコップの水で飲み干して、むせそうになった。まずい。苦いのに変に甘くて、くさい。いつまでも妙な後味と肉桂《にっけい》の匂いが残る。あの診察室に漂っていた匂いだ。それだけ多く処方されているということだろう。私のためにだけ誂《あつら》えられた薬ではないと思えばかえって気が楽になる。世の中には思いがけず多くの、流したり、泳いだりすべき患者がいるらしい。

「流してみよっか」

つぶやいたけれど、何を流すのかはわからない。

「流してしまえ」

もう一度、今度は少し大きな声でいってみる。

辺りを見まわしても誰も私のことなど気にしていない。そもそもひとりですわっている客など、私くらいだ。みな、早口で、大きな声で、誰かと話している。にぎやかな店内で軽い目眩《めまい》を感じて目を閉じる。北村さんの顔が瞼に浮かぶ。いかにもやさしげな、穏やかな笑顔。それがいつのまにか、不機嫌な無表情に変わる。そこににこにことかわいらしい佐和子ちゃんの顔が重なる。これも薬の作用だろうか。私は目を開ける。いきなり台湾の街中に引き戻される。ふたりの顔の残像がすぅっと消えた。

言葉もわからない、見たこともない場所で、たったひとりだ。北村さんも、佐和子ちゃんも、遠い。不安も迷いも同じくらい遠い。いっそ笑い出したくなっている。孤独というよりもっとすがすがしくて潔《いさぎよ》い気分に鼓舞されている。

夜、ホテルから電話をかけた。土曜の夜だ。部屋にいるだろうか。

「もしもし」

懐かしい声が受話器から聞こえて、なんだかほっとしてしまう。ここがどこだかまたわからなくなる。北村さんの声はいつもより少し遠いだけだ。

「依子です」

ああ、というまでにほんの少し間があった。

「……どうかした」

「どうもしないけど」

といいながら、北村さんの背後に物音を探している。誰かを隠してはいないか。

「今、台北のホテル。今朝から台湾なの」

しばらく待った。ようやく北村さんの声が聞こえる。

「何、急に。台湾で何してるの」

「診てもらおうと思って」

そこで一呼吸置くと、受話器の向こうが静かだ。微《かす》かな雑音だけが流れる。この話は前にもした。北村さんは何も答えてはくれなかった。

「どうしてわざわざ台湾なんだ」

どうして、と訊《き》かれれば答えもするのに、北村さんのどうしてにはすっかり終わった響きがある。この短い電話の間に思い知らされている。北村さんはもう私の言葉を聞かない。私を見ていない。

「月曜には帰るから。……火曜の夜、会えるかな」

わかった、と北村さんはいった。

「じゃあ、気をつけて」

「うん」

北村さんも、といおうとして、日本の日常の夜にいる人にいったい何に気をつけろというのかと思う。通話が切られる音で我に返る。北村さんに気をつけてほしいことなんて、もうない。そう確認してベッドから立ち上がる。

そして、気がつく。身体が軽い。このところ、北村さんと話した後に感じていた鈍重さが消えている。まさか、薬がもう効いたわけではないだろう。流しても、泳いでもいない。何もしていないのに普段とはどこかが違う。いつもなら、北村さんの不機嫌の理由を自分の中に探してしまう。今夜はそれがない。北村さんの不機嫌は北村さんのせい。私には何の関係もない。そうだ、そうだ。私とは何の関係もなかったのだ。

ホテルの部屋を歩きまわりながら私は繰り返す。もう何の関係もないことにしてしまえばいい。胸のまん中あたりでかすかに痛みが疼《うず》くのがわかる。

「北村さんなんか知らない」

気に入らない。北村さんなんか、というところ。拗《す》ねているような甘っちょろさが鼻につく。もっとさっぱりと突き放してしまいたい。

「北村さんのことは、もう知らない。北村さんのばあか」

我ながら不甲斐《ふがい》なくて笑ってしまう。こんな悪口しか思いつけないなんて、まったく冴《さ》えない。流しなさい、とあの医者がいっていた。もう、そうするしかないのだと思う。北村さんのことはここで水に流すしか。

部屋の鏡に顔が映る。これが悲しい顔だろうか。もう少し悲しそうに、あるいは切ないなら切なそうな顔にならないものか。わからない。鏡は何も映さない。心の中なんて本人にだってよく見えないのだ。しげしげと眺めるうちに、これが私の顔だったか、私はこんな顔をしていたのかと不思議な気持ちになってくる。

恐れていたほど悲しくはない。切なくもない。だいじょうぶみたいだ、と鏡の中の顔がいっている。北村さんの人形《ひとがた》があったなら、半身くらいはすでに流してしまっていたのかもしれない。未練がましく引きずってきたあとの半身のやり場に困り、抱えたままで窓のそばに立つ。ガラスの向こうに華やかなネオンが見える。こんなところまで来てしまった。見慣れぬビルと、その麓《ふもと》に、夜だというのにうごめく人、人。それを見るともなしに見下ろしているうちに、不意にある思いが私を打った。

どうして私はここにいるんだろう。

私のいる場所はここではないのではないか。

戸惑いではなく、もっと力強い、疑問よりも確信に似た感覚がこみ上げる。私は北村さんを流しに来た。もうここにいる必要はないと感じるのは、それが終わったということではないか。ここではなく、東京のマンションのあの部屋でもなく、どこかもっと広くて明るい場所へ踏み出していきたくなっている。

どこへ行こう。——どこへでも行ける。すっくと立ち上がったような気分で、それから、どこへでも行けるといったのが北村さんだったことを思い出す。ふたりで行こう、といったのだ。どこへでも行ける。どこがいい？

バリだ。バリへ行きたい。——唐突に浮かんだかのような地名は、ほんとうは唐突でなく、しばらく前から私の中で出方を窺《うかが》っていたものと思われる。まだ北村さんがよく話しよく笑っていた頃にたびたび口にした地名だった。バリ。気持ちが解放されるんだ。いつか一緒に行こう、といってくれた。

ひとりで行くにはぴったりだ。バリへ行こう。夜が明けたら、このまま行こう。これからエスカレーターでロビーへ降りる。コンシェルジュにバリまでの航空券と宿の手配を頼もう。バリで、もしかしたら私は泳ぐのだろうか？

そう考えただけでさざ波のように笑いが広がっていく。私はひとりでどこへでも行ける。そんなことも忘れていた。スリッパを靴に履き替えながら、壁の鏡を見る。泣いていない。怒ってもいない。もちろん悲しそうでも切なそうでもない。楽しそうな顔の女がいる。

これが、あの薬の効用だろうか。それとも、もしかしたら、この旅の。今朝、成田を飛び立ったところから始まった短い旅が、もう私を変えている。

チェーンを外し、ドアを開ける。自動的にロックされるのを確かめて、赤いカーペットの敷かれた廊下を歩き出す。

違う、もっと前だ。台湾に不思議な医者がいると聞いてむずむずしたときから、あるいは「むずむずします」と北京語で練習してみたひとりの部屋から、旅は始まっていた。

月曜の朝、会社へ電話をかけよう。もうしばらく、休みます。上司の驚く様子が目に浮かぶ。火曜の約束も、もういいだろう。

初めての雪

なんか変だ。

「びっくりしたよ、ボールがどこにあるのか最後までわからないんだから」

なんかこう、いつもと違う。いくら恋愛に関して間が抜けているといっても、今回はちょっと度が過ぎている。

「むずかしいんだねえ、アメフトって」

「ルールも知らないで観《み》に行ったの」

私が訊《き》くと、

「だって初めて観たんだもん、初めてでも楽しめるっていわれたんだもん」

梨香はゆるく口角を上げ、わざとらしい笑顔をつくった。けっこうきれいなのに色気がない。つくり笑いが似合わない。

「ふたりで観に行ったのに、彼は解説もしてくれなかったわけ」

いわれて初めて気がついたというように、彼女は大きな目を見開いた。

「そういえばそうだね。聞けばよかったんだなあ」

この薄ぼんやりした返事。やっぱり変だ。もともと梨香はしっかり者なのだ。大学時代は級長と呼ばれていた。級長のノートさえあれば試験対策は万全だった。その級長が、休憩に立ち寄った店でラテを飲みながらぼんやりしている。

「違うねえ、ラテ。全国展開でもこんなに味が違うものなんだ」

「水がいいんじゃない？　こっちのラテのほうがおいしいってことは」

今、東京から車で三時間ほど走った辺りだ。卒業して十年あまりが経《た》つ今も、私たちはふたりでよく旅をする。食べものの好みが合うこと。お風呂《ふろ》に入る時間帯がずれること——ふたりでひとつのバスルームを使うときは特に重要だ。夜はどこでもぐっすり眠れること。それから、独身。そういう具体的な条件が合うから一緒に旅行をするのかといえばそれだけでもないだろうと思うのだけど。実際のところ性格はずいぶん違うかもしれない。級長はガイドブックを読み込んで、できる限りあちこち見てまわろうとする。私は後ろからそこについていく。のんびりゆっくりしたいほうだ。

ところが恋愛についてだけはなぜだか別で、級長は奥手で不器用で、見ていて歯がゆい。少なくとも大学時代は恋愛らしい恋愛をしていたようすはない。働くようになってもそれは変わらないのだろう。浮わついた感じがない。

別れたと聞いたのは、三か月ほど前だったろうか。ふたりで北のほうまで魚を食べに行ったときのことだ。飛行機が離陸する間際《まぎわ》、シートベルトで固定された体勢で前を見たまま、けっこう長かったんだけどね、と梨香はいった。仕事が忙しいことを理由に彼をずいぶん放っておいたらしい。当然のごとくフラれて、しばらく落ち込んでいたのだそうだ。

「もうすっかりだいじょうぶ」

梨香は級長らしく健気《けなげ》に微笑んでみせた。私たちは普段、旅行以外ではあまり会ったりしないから、梨香が落ち込んでいたときのことを知らない。そのときに会っていたとしても、なぐさめるなんて気の利《き》いたことができたかどうかもわからない。

残り少なくなったカレンダーを見ていて、ふと、梨香の不器用さを思い出した。あれからもう新しい恋人を見つけたとは思えない。三連休にどこにも出かける相手がいないなんて不憫《ふびん》じゃないか。それで、急遽《きゅうきょ》、誘った。冷え込んできているから温泉だ。

でも、どうも様子が変なのだ。ありていにいうと、ぼんやりしている。連休、温泉にでも行かない？　と電話すると、うーん、と曖昧《あいまい》な声を出した。いつもすぐにのってくるのに。そこで閃《ひらめ》いた。まさか、恋か。恋をしているんじゃないだろうか。

恋に不器用なのが不憫だなどといってたくせに、私は勝手に腹を立てた。こういっちゃなんだが私だって恋はする。恋をしていたって、梨香に誘われれば旅行を取る。恋ぐらいで女友達の誘いを断っちゃいけない、という矜持《きょうじ》のようなものがある。今回だって彼を差しおいて誘ったのだ。それなのに、梨香ときたら、あからさまに面倒くさそうだ。じゃあ行こうかな、などという。

「じゃあって何よ、じゃあって」

「ごめんごめん、行くよ、もちろん。行きたいです、はい」

いつもの調子に戻ったように思えた。

「どこに行こうか」

気を取りなおした私が問うと、

「そうだねえ、どこがいいかねえ」

彼女は考えているふりをした。やっぱり、おかしい。梨香は迷わない。少なくとも私との温泉旅行ごときに頭を悩ます人ではない。今の梨香は温泉にまで気がまわらないのだ。それほどの恋をしているのか、とちょっとひるんだ。もしかしたら、これが彼女の初めてのほんとの恋なのかもしれない。そんな予感がした。ほんとの恋っていうのもなんだかよくわからないのだけど。

腑《ふ》に落ちないまま宿だけ予約して、ふたりで車で出発したのはいいけれど、梨香の目は曇っている。膜が張ったみたいにぼんやりとしか映らないのがわかる。景色も、食べものも、もちろん私のことも。ラテの味だって、わかっているのかどうかあやしいものだ。

「つきあってる人がいるんでしょ」

水を向けると、一瞬ぎくりと肩が上がったのが見て取れた。そうして、ゆっくりとこちらを見たと思ったら、アメフトの試合の話をした。合コンで知りあった人とアメフトを観に行ったのだという。

「梨香が合コン？」

似合わない。級長に合コンは無理がある。

「楽しかった？」

重ねて訊くと、梨香は目を泳がせた。アメフトの試合を観るのに、試合の行われる会場で待ち合わせをし、会場で解散したという。

「試合前は混んでるでしょ、会場で待ち合わせなんかしてちゃんと会えるの？」

そう訊きながら、何番ゲートの扉の裏で、と特別な待ち合わせの場所を決めている梨香と新しい彼を想像すると、ちょっとロマンチックじゃないかと思う。

「うん、指定席だから」

彼女は事もなげにいった。

「席に着けば自動的に隣なのよ」

「それ、待ち合わせっていう？」

梨香は不思議そうな顔をする。

「どうして。いちばん確実な待ち合わせ方法でしょ」

確実かどうかの問題だろうか。そんなものが恋愛にどれほど大事だろう。試合会場で解散、ともいっていた。解散か。いや、言葉の問題じゃない。それって試合を隣で観たというだけの話じゃないか。たいせつなのはその前や後ろのどきどきなんじゃないのか。

初心《うぶ》な女子中学生にお説教を垂れるような気持ちになって、はっとした。こんなぬるい恋愛が梨香をぼんやりさせてるんじゃない。そんなわけがないのだ。

「梨香、アメフトの男の話はもういいよ。ほんとは何。何があったの」

それには答えず、彼女はしげしげとストローを見てからいった。

「ちょっとさ、味、違うよね」

ごまかしているのだと思った。聞かれたくない話になりそうで、話をずらしているつもりなのだと。それならそれでいい。深入りするつもりはない。

「水が違うからおいしいんだって、さっき結論出たじゃない」

話を変えることに同意したつもりで私がいうと、

「なんだかざらざらした味だよねえ」

梨香はラテのカップをトレイの上で押しやった。変だ、とまた思った。変と恋は字が似ている。でも、これは恋じゃないのかもしれない。梨香の身に何かが起きている。

「……会社のお金を横領とか？」

梨香のぼんやりした横顔を見ながらつぶやく。ん？　と梨香が目を上げる。

「事件を起こすなんてことは……ないよねえ、梨香に限って」

梨香はちょっと首を傾《かし》げてから、行こうか、と立ち上がった。

温泉に着いてまずすることは、温泉に入ること。それが梨香の信条だった。いつもなら、のろのろと入浴グッズを揃《そろ》えはじめる私を尻目《しりめ》に、

「着いたらすぐ温泉に入るに決まってるんだから、ちゃんと用意しとかなきゃ」

梨香は浴衣《ゆかた》の帯を締め、気に入りのお風呂バッグを抱える。

「先行くよ」

なんてこともあった。ひとりでさっさと温泉に浸《つ》かって、さっさと出てくる。それから温泉街を歩くこともあるし、早めに夕食をとることもある。そうしてまた温泉に入るのだ。もちろん、朝は早起きしてもう一度温泉、それがお約束だ。

それなのに、今日はどうだ。温泉行こうよ、とも、行ってくる、ともいわず部屋でだらだら荷物を解いている。

「お風呂行くでしょ」

声をかけると、

「後にする」

耳を疑った。梨香の口から、後にする、などという言葉が聞かれるとは思ってもみなかった。温泉に限ったことではない。いつも、先へ、先へ、向かっていたのではないか。

ほんとは何。ついさっき自分が口にした言葉を、もういえなくなっている。聞くのが怖くなってしまっていた。梨香をこんなふうに変えてしまう何か、旅行も、温泉も、女友達さえも目に入らなくなってしまうような何かが、起こった。それがいったい何なのか、じりじりと焦《こ》がれるほど知りたい。それなのに、ぜったいに聞きたくないと思っている。梨香は梨香だから梨香だった。悩みなんか打ち明けられたら、相談されたら、どうしよう、私は受けとめきれるだろうか。

梨香が喋《しゃべ》らず、私も聞かない。宿に着いたのが夕方になってからでよかったと思う。

もう半時もすれば夕食の時間だろう。きっと食い気が梨香と私の間を取り持ってくれる。なにしろ梨香はすごいのだ。今でも学食の特盛り定食を食べきれるかもしれない。

大学二年だか三年だったか、学科賞を取り損ねたときもそうだ。梨香ははっきりと落胆していた。学科賞というのはその年の最優秀賞みたいなもので、成績と活躍度と学科への貢献と、何かそういう私にはまったく縁のない基準で教授が選考する。梨香が取るものとばかり思っていた。それなのに、その年はとんでもない男子が取ってしまったのだ。外見はちょっと小柄なモデルとか俳優とかそんな感じ。見た目がいいことと、頭の回転がえらく速いことは認める。だけどかっこいい分だけいい加減そうで、女の子との噂《うわさ》も絶えなかった。実をいえば私もほんのいっときだけ彼と親密になったことがある。梨香や友人たちに話す前にこっそり別れてしまった。夢中になるのも醒《さ》めるのもあっという間だった。他の女の子の影を気にする自分がゆるせなかった。それで無理に醒めたふりをしたのかもしれない。しばらくは彼を見るたびに喉《のど》がひりつくような感じがした。

「トキオが取るなんてねえ」

学食で、梨香を含めた私たちは首を捻《ひね》った。トキオは取っちゃいけない。級長みたいなポジションを与えられたトキオなんかトキオじゃない。地味な社会学科でひとりだけ毛色の違うトキオに、私たちは妬《ねた》ましさと憧《あこが》れとを半分くらいずつ感じていたと思う。

ちょうどそのとき、当のトキオが学食へ入ってくるのが見えた。あ、と思う間もなく、梨香が立ち上がったかと思うと、つかつかと歩いていって、トキオが食券を買おうとしている自動販売機に並んだ。

「梨香ってもう食べたよね」

「うん、カレー食べてた」

私たちが訝《いぶか》って見ていると、トキオに続いて梨香は食券を買った。トキオがふりむいて梨香に何か話しかけ、梨香が無言でうなずいた。席に戻ってきたとき、私たちは目を見張った。梨香の運んできたトレイには特盛り定食が載っていた。体育会の男子学生でも食べきれないといわれるボリュームたっぷりの定食だった。

「どうしちゃったの、梨香」

私たちがささやくすぐそばの席で、彼女はそれを食べはじめた。食べる量で張り合うつもりだったんだろうか。無駄だ。トキオははなから特盛り定食なんか頼まない。あきれる私たちの目の前で梨香は特盛り定食を平らげ、コップの水を飲み干すと、にっこりと笑った。それでもう、元の梨香だった。

仲居さんが現れ、食事の準備ができたと告げられたときはほっとした。梨香がまたもりもり食べてくれればそれで何もかも元通りになるような気がした。

ところが、そんな楽観も梨香のひとことで煙のように消えた。並べられたお膳《ぜん》を前に、食欲がない、と彼女はつぶやいたのだ。温泉が後まわしになったくらいならまだよかったのだと私はここへ至って悟った。いろんなものを頼んでちょっとずつ交換して食べる楽しみだとか、出されたひと皿に合うお酒をふたりであれこれ無責任に想像する面白さだとか、そういうものを失ったことよりも、もっと大きなものがこの手から消えたのだという実感があった。

恋愛問題でなければ、仕事の行き詰まり、あるいは会社での人間関係。梨香の身に起こった何かとは、そういうようなものだと思い込んでいた。梨香の気丈さと健啖《けんたん》さえあれば、なんとか乗り越えられるような類《たぐい》の。でも、違う。もっと手に負えない何かに梨香は苛《さいな》まれているのではないか。つまり、考えたくないけれど、よくない病気であるとか。

その思いつきはさっと太陽を隠した雲のように広がって、私の胸を不安でいっぱいにした。

「梨香、身体の具合がよくないんじゃないの？」

思い切って尋ねると、梨香は一度私を見て、それから視線を外した。

「だいじょうぶ」

「だいじょうぶじゃないじゃん、おかしいよ、ちゃんと診てもらったほうがいいよ」

詰め寄られて梨香はしぶしぶうなずく。

「診てもらった。だいじょうぶ、病気じゃない」

「ほんとなんだね？」

「ぜったいほんと。病気じゃない」

そのひとことがどれだけ私を安心させたことか。

「温泉行く？」

早々に夕食を切り上げて部屋に戻る途中で誘ってみると、梨香は大儀そうにうなずいた。いつもと役が逆だ。

ぬるめの透明な温泉に浸かった瞬間に、するするっと謎が解ける感じがした。もやもやと、漂ってくる。梨香の身体から、もやもやした匂いみたいな、温度みたいな、不可解な何かが。

「梨香、もしかして」

私がいうと、梨香は首を振った。あんまり激しく振るものだから、ぱしゃぱしゃとお湯が跳ねる。あきれて笑った。

「あんたはこどもか」

梨香はいっそう激しく頭を振った。もしかして、といっただけなのに、あんたはこどもか、と訊《き》いただけなのに。

「もしかして……こども、なんだね？」

頭を振るのをやめ、湯けむりの向こうで梨香がうっすらと泣き笑いを浮かべたのがわかる。ああ、そうだったのか。

「三か月」

「温泉なんか入っていいの、妊婦は医師に相談して、ってほら書いてあるよ」

「だって」

梨香はいよいよ泣きそうな顔になる。何がダッテだ、級長のくせに。

「まだなんにも決めてないんだよ」

「この期《ご》に及んで何を決めるのよ」

まあ、実際、決めるべきことはいろいろあるだろうな、と思う。それでも、言葉をぐっと飲み込んで、ここは知らないふりをするしかない。梨香の何かを肩代わりしたり、半分だけでも背負ってあげたりすることができればどんなにいいだろうと思うけれど。

「三か月かあ」

私は温泉の高い天井を見上げた。他に何をいっていいかわからなかった。

「今どれくらいの大きさかな」

「……七センチくらいらしい」

覇気のない声で梨香がいう。

「そういえばさ、夢に出てきた動物で、赤ん坊の性別がわかるらしいよ」

へえ、と梨香は興味もなさそうに湯船の中で腕をゆらゆら揺らしている。

「台湾に行った友達が、診てもらったお医者さんにいわれたんだって」

「そういえば知り合いにも最近わざわざ台湾まで医者に診てもらいにいった子がいるよ。流行《はや》ってるのかな」

「うん、なんかあやしいよね。診察らしい診察もしないで、すらすら病状をいい当てるっていう」

「でも当たるらしいよ」

「ともかく、そこで教えてもらったんだって。妊婦の夢に虎《とら》や龍《りゅう》が出てきたら赤ん坊は男の子」

ああ、と梨香はいかにも気乗りしていない声になる。

「兎《うさぎ》とかリスとか小さくて可愛《かわい》らしい動物なら女の子ってわけね。なんかそのまんまじゃない。どうせなら、虎や龍は女、兎やリスなら男、っていってくればまだ面白いのに」

そういってから、あ、と小さく声を上げた。

「そういえば、こないだ、トキオがさ」

トキオ？　どうしてここにトキオが出てくるのか？　驚いたけれど、コンタクトを外した梨香は私の表情に気づかない。

「夢見たっていってたな」

そういって、くふふと笑った。

「何？　動物の夢？」

平静を装《よそお》って私は訊く。トキオが動物の夢を見た？　どういうことだろう。トキオと最近会ったのだろうか。

「パンダ。夢にパンダが出てきたって」

ふうん、と私はいった。声に動揺が出ないよう、慎重に。

「それはちょっとわかんないね、パンダの夢なら男か女か」

「でしょ、可愛いようで熊《くま》なわけだし、おっとりしているようで獰猛《どうもう》そうだし」

「だいたいパンダってやつはかなり大きくなるまで男か女かわかんないっていうしね」

「笹《ささ》ばっか食べるし」

「よく寝るし」

「男かな、女かな」

口ずさむように梨香はいい、おへその辺りをゆっくり撫《な》でた。そもそも妊婦の見る夢に現れる動物の話だ。トキオの夢に何の関係があるのか。そう思った途端、理性が吹っ飛んだ。私は湯船からざばっと立ち上がって叫んだ。

「トキオなの？　あの学科賞かっさらったトキオ？」

梨香は湯船の中から、仁王立ちになった私を見上げている。しまった、という顔だった。

「トキオだったのか、隠すことないのに」

「隠すも何も、あたしたち、べつにつきあってるわけじゃないの」

そうかもしれない。トキオと梨香。つきあっているなんて想像もつかない。

「でも、トキオなんでしょ、赤ん坊の父親」

梨香はばつが悪そうにうなずいた。

「こないだの美羽との旅行の少し前、だったかな、仕事先でばったり会ったの。卒業以来だから、十三年ぶりだった」

そうか、トキオはちゃんと働いているのか。それだけでなんだか私は安心してしまった。ほんとは頭がいいのにふらふらしていたトキオ。そうか、そうか、今はまっとうな社会人か。それなら、よかった。

「まだトキオには話してないんだ」

しかし梨香はそういって、両方の掌《てのひら》をそっとお腹《なか》にあてた。トキオとは結婚する予定がないのだという。赤ん坊が生まれるからといってその予定に変化があるとは思えない、と律儀《りちぎ》な級長はいうのだ。

「なんで？　なんでそんなに理詰めなの？　赤ん坊だって予定外だったんでしょ、そもそもトキオと会ったことだって、予定になかったんじゃないの。予定なんかに縛られちゃだめだよ」

ひと息に私がいうと、ふいに梨香の顔が歪《ゆが》んだ。笑ったのかと思ったら、泣いたのだった。なんで泣いているのか、きっと本人にもわからないのだろう。妊娠してびっくりして、少し困って、少しうれしくて、いや、いっぱい困って、いっぱいうれしかったのかもしれない。温泉で温まった身体からいっぺんにいろんな気持ちがあふれたのだろう。お湯にぼろぼろと涙をこぼすと、やがて梨香はすっきりしたみたいだ。洟《はな》をすすりながら涙声で白状した。

「まるっきり予定外ってわけじゃなかったんだよ、トキオと会ったのは。あたし、トキオがどこでどんな仕事をしてるか、いつも追いかけてたから」

初耳だった。梨香がトキオを好きだったなんてぜんぜん気づかなかった。

「でもさ、トキオとあたしって似合わないじゃない。こんなことになるなんて、思いもしなかった」

そういって梨香はちょっと笑った。相槌《あいづち》の打ちようもない。たしかにトキオと梨香は似合いには見えなかったけど、ずっと追いかけていたというところが何よりも肝腎《かんじん》だ。よかったなあ、と思う。梨香の恋が叶《かな》って。これからいろいろあるにしてもだ。

「そういえば、こないだ魚食べに行ったの、ちょうど三か月くらい前じゃない。あの旅行のときにはお腹の赤ちゃんもういたんだね。そしたら私、この子と二度も旅行してることになる」

思わず声のトーンが上がった私を梨香があきれたように見る。

「妊娠三か月って受胎から三か月って意味じゃないの。前に美羽と旅行したときは、この子はまだ影も形もなかったよ」

そんなはずはない。影も形も、なんてはずは。少なくとも、卵ではあったはずだ。そう考えると、順番を待つ卵の立場の赤ん坊と私は、何度も旅をしている。

「生まれてきたら、その赤ん坊に、あんたと旅したことあるよ、って話すよ」

私がいうと、梨香はうなずいた。

「楽しいこといっぱい話してあげて。父親がいないぶんも」

「ばかなこといってないで。のぼせちゃうよ、出よ」

ざばざばと音を立てて湯船を横切る。ちらりと横目で見ると、梨香のお腹はぺちゃんこで、ここにもうひとり人がいるなんて、まだ兆《きざ》しも見えなかった。

部屋に戻ると、まっしろいふとんが二組敷かれていた。そこにいきなり倒れ込み、ごくらくごくらく、と梨香が笑う。浴衣の裾《すそ》から出た白いふくらはぎを見て、話せて楽になったんだな、と思う。長いつきあいの友達にこそ話しにくいことってけっこうある。

「生まれてきたら、また一緒に来ようよ」

梨香の隣に寝転んで、梨香のお腹に向かって話しかけると、腹話術みたいな声で、うん、と返ってきた。

「妊娠三か月なら、生まれるまでにまだあと七か月もあるよね、もう一回くらいどこかに行けるかな」

「それ、数え方、間違ってる。出産予定日は五月だよ。美羽の誕生日と同じ頃」

梨香が笑って指摘する。

五月に、もう？　どうなってんだ。妊婦の常識は非常識だ。

「まあいいや、ほら早くトキオに電話しなよ」

帰ったら話すという梨香に、今話さなきゃだめだといいおいて立ち上がり、私は部屋の外に出る。梨香、がんばれ。がんばれ、トキオ。口の中でつぶやいてみる。かっこいいとこ見せてよ、トキオ。

廊下の窓からすぐ山並みが見える。寒いと思っていたら、雪だ。あんたの初雪は私と一緒だったよ、といおうと思う。梨香に生まれてくる赤ん坊は、生まれる前から旅をして、温泉に入り、雪を見た。生まれてからは、旅をするのも、雪を見るのも、三人だよ。梨香と赤ん坊。それからもちろん私じゃなくて、トキオとだ。そうでありますようにと初雪に願う。

おめでとう。早く生まれておいで。

足の速いおじさん

公園に足の速いおじさんが住んでいる、と聞いたのは家庭教師先の中学生の女の子からだ。息をひそめるように、大事な秘密を打ち明けるかのように、繭子《まゆこ》は俊足のおじさんの話を始めた。

また始まった。そう思いながら私は紅茶のカップに手を伸ばす。数学の問題がさっきから一問も解けていない。繭子は私がそう思っていることを知っている。知っているからこそ一所懸命な顔をして話し続けている。話題はたぶん何でもいい。

その公園には縄張りがあるのだそうだ。ある地帯に足を踏み入れるとどこからともなくおじさんが現れ、警告が発せられる。

「それが、そんな年寄りでもない、ちょっと悪くない感じのおじさんなんだって」

無視して踏み込めばおじさんは怒る。ものすごい速さで走って追いかけてくる。そのスリルが面白いのだという。どこまで行くとどこまで怒るのか、どれくらい速いのか、中学生たちは確かめたいらしい。

「でも変ね」

私はいった。いつのまにか話に乗っている。気づかないわけではなかったが、まあもう少しいいかと思っている。

「何が変なの」

この子はまるで同級生か、よくてもふたつみっつ上の近所のお姉さんに話しかけるみたいな口調で話す。実際、ごく近所に住んではいるのだけれど。

「だって縄張りだとか領域だとか、それはあくまでも公園の住人にとってのもので、部外者には関係がないはずでしょ。中学生が領域を荒らすわけでもないでしょうに」

繭子はちょっと考えるような顔をしてから、いった。

「守りたいみたいなんだよね」

「縄張りを？」

「ううん、何か、もっと大事な、秘密のもの」

いいながら自分でもおかしくなったらしく、

「漫画か何かの読み過ぎだよね」

と笑った。

藺子のところへ家庭教師に来るようになって四か月が経《た》つ。大学を出て塾で講師をしていたのを二年で投げ出した。投げれば次はもっと割のよくない仕事にしか就けないことはわかっていた。でも、どうしても自分を丸めこむことができなかった。

質の高い授業を行うことがいちばん大事だと考えていたのがそもそもの間違いだ。人員不足で授業以外の仕事が山積みだった。授業の準備など二の次でも三の次でもなく、順番でいうなら十の次くらいか。それくらい優先順位の低い代物《しろもの》に成りはてていた。そのうちに私は五位を下るようなものなどどうでもいいと考えるようになった。そうしなければ毎晩徹夜にならざるをえない状態だったからだ。授業は生徒や親からクレームがつかない程度の質を確保するので精いっぱいだった。

あと一年待て、と助言してくれる先輩もいた。就職して三年で変わる。仕事の手順を覚え、必要なものとそうでないものの見きわめがつき、余裕ができる、と彼は諭し、それに、と声を落とした。三年待たずに辞めてしまえば次はない。

あと一年も経てば我慢に慣れ、優先順位はこのままがっちりと固定されるだろう。固定されてしまえばかえって楽なのかもしれない。雑務に追われ、授業の準備を後まわしにする。残業が深夜に及べば眠さには勝てず、明朝早く起きて授業の準備をしようと思いながらも寝過ごす回数が増える。一年後の自分の姿が見える気がして、首筋から背筋に満遍なく鳥肌が立った。

両親には事後承諾だった。仕事を辞めてきた、と告げると母は唇をきつく結び、そのまま何もいわなかった。次はない。いわれるまでもなく、私に次はない。何をしたいのか、どうやって生きていけばいいのか見当もつかないでいる。

「おじさんはさぁ」

次の週に家庭教師に行って繭子がいきなり話し出したとき、何の話をしているのかわからなかった。こういうことはよくあった。塾に勤めていた頃、中学生や高校生に突然話しかけられて話題についていけず、それでもついていけないことを隠さなくてはいけないとどうしてだか思い込んでいた。話のわかる先生でありたかったのだろう。それは生徒のためでなく自分のためだったのだと今になって気づく。

「誰、おじさんて。繭子ちゃんのおじさん?」

正直に質問すると、繭子は、やだ、といった。

「公園のおじさんだよ先生、忘れたの、足の速いおじさん」

「ああ、こないだの。縄張りを荒らすと追いかけてくるっていう」

藺子は満足そうにうなずいた。

「おじさんの聖域が判明しつつあるのだ」

「へえ」

「どこだと思う？」

「どこだろうなあ」

いいながら、わかるわけないじゃないと思っている。公園のおじさんの聖域。知るはずがないし、べつに知りたくもない。

「水飲み場らしいんだよね」

得意げにいった藺子に、そろそろ英語の勉強をさせなくてはならない。いくら受験はまだ先だといっても、家庭教師をつけて少しも成績が上がらないのでは申し訳がない。

「それで藺子ちゃん、この問題だけど、that がどこに係るか、わかる？」

「どうして、先生。今、そんな話をしてるんじゃないでしょう」

いい返されてびっくりした。勉強の話は場違いだったかと一瞬本気で思ってしまった。

「それが、すごいんだよ、うちのクラスの男子が水飲み場に近づいたらおじさんがダッシュしてきたんだって。それでね——」

藺子の黒い瞳《ひとみ》が光る。あきらめた。この子ひとり勉強させられないくらいだから、どのみち塾の講師など向いていなかったのかもしれない。

「つかまっちゃったんだって。普通に速い子なんだよ、その子が全速力で逃げたのにつかまったってすごくない？」

ふうん、と私は曖昧《あいまい》に返事をする。都市伝説みたいなものだ。私が中学生くらいの頃にも、口裂け女とか、なんちゃっておじさんとか、いた。いたといっても見た人はいない。そこがちょっと違う。彼女の同級生がほんとうに追いかけられたのだとすればの話だが。

なんにせよ、このあたりで話を変えなければならない。早く英語に戻らなければ。

実はあたしも、といいかけて、先生も、といい直す。

「中学生の頃は足が速かったんだよ。ちょっとその辺じゃ負けないくらい」

「へえ、先生も」

わざと話をずらしたつもりだったのに、藺子は意外に素直な反応をした。足が速かろうが遅かろうが関係ないだろう。まして、先生と呼ばれる歳《とし》になって、中学時代は足が速かったなどというのは昔話でしかない。

「いいなあ。あたし足が遅いからうらやましいよ。まあ、もうあきらめてるけど。足の速さって遺伝だよね。先生のおばさんも速かったんでしょ?」

おばさんというのはうちの母のことだ。このマンションのちょうど真上の部屋に住んでいる。うちと繭子の家とは家族構成も子供たちの年齢も違うから、これまであまりつきあいがなかった。それが、しばらく前に管理人さんが倒れて以来、管理組合の用事だなんだと住人たちが顔を合わせる機会が増え、母と繭子のお母さんもわりと親しくつきあうようになった。家庭教師の件も母親同士で話がついたのだった。

「そうみたいだね、母方の家系はみんな足が速かったんだって」

速かった、と過去形にすることに抵抗を感じないわけではなかった。繭子から見れば、私も過去形だ。当然だ。私にとっても私自身が過去形になりつつあった。

翌週に会ったとき、彼女は嬉々《きき》としてその後を報告してくれた。

「あのおじさん、どうやら水飲み場の玉を守っているらしいんだよね」

無論、私はもうどのおじさんの話か訊《き》いたりはしない。

「ほら、あの公園、今は拡張されて立派になってるけど、もともとは古くからある地元の公園だからね、すごく古い水飲み場が残ってるんだよ。そこに、玉がついてるの。

水を受けるところに、ただの小さい石の玉なんだけど、なんかそれを、おじさんは大事にしているらしい」

「ふうん、どうしてだろうねえ」

当たり障《さわ》りのない返事をしながら、いつものように頭の中ではこの子にどうやって勉強をさせようかと考えていた。そういえば、と思ったのは帰宅するためにマンションの内階段を上りながらだ。

母の実家に玉がたくさんあった。御影石《みかげいし》でできていたり、ガラスだったり、鉄だったり、素材も大きさも様々な玉が納戸《なんど》の片隅にちょこちょこんと並べられていた。何これ？　と訊くと、母は眉《まゆ》を顰《ひそ》めた。弟が——あんたの叔父さんが、こういうのが好きだったの。

そうだ、あのときも過去形だった。私はそこに引っかかったのだ。だから覚えている。

「こんな玉に夢中になってたけど、けっこう偉い叔父さんだったのよ」

「今も、偉いんでしょ？　叔父さん、生きてるんでしょ？」

私が訊くのに、母は目を合わせず、でも、低く強い口調ではっきりと答えた。

「ぜったいに生きている」

叔父さんのことはそれまでにも話題に上ることはあった。火をつけられてぱっと噴き出した手持ち花火のように華やかな話題として。そして必ず、誰かが手持ちの手を離してしまう。叔父さんが今どこでどうしているのか、私は知らなかった。きっと母も、そして母の実家の家族も知らないのだ。それでいつまでも地面で燻《くすぶ》っている。叔父さんの話をしたくてうずうずしている。でも、過去形でしか語れない。新しいことをつけ加えることができないから、いつも同じあたりでふっと話の継ぎ穂が消えてしまう。

幼い頃からある種の玉に目がなく、どこからか見つけてきては収集していたのだそうだ。私が知っている、数少ない叔父さんについての話だ。玉というからには球体であるはずなのだけど、そこに集められたそれらは完全な球体ではなく、どこかがほんの少しだけ歪《ゆが》んだような、十六夜《いざよい》の月みたいな玉ばかりだった。たしかに、若い男の子がこんなものに凝って集めるのは変わっているかもしれない。それでも、かすかにいびつな玉に惹《ひ》きつけられる感覚は私にもよくわかった。目を伏せた母の顔さえそこになかったら、思わず手を伸ばして球面を撫《な》でてしまいそうだったから。

「先生、訊いてもいい?」

数学の問題がわからないのなら、訊いていいかと問う前に、どちらかといえば自慢気な顔さえして繭子は質問しただろう。

「駄目」

問題集に取り組んでいるはずの彼女は却下されて不満そうだ。鉛筆を握り直し、数秒間、問題集に目を落とす。いち、に、さん、し、ご。ゆっくり五を数えるのと同時に繭子は顔を上げた。

「先生、ガウディって何」

やっぱりね、とつぶやいても繭子はきょとんとこちらを見ている。結局は訊いているじゃないか。まったく、きょとんとするのがうまいなあと思う。

ガウディはスペインの有名な建築家だと答えると、へええ、と感心した様子だ。何度かひとりでうなずいた後、繭子はいった。

「噂《うわさ》なんだけど、あの公園のおじさん、ガウディの教会の建設に関わってたんだって」

そういえば、サグラダ・ファミリアの彫刻の主任に日本人が就いているという話は聞いたことがあった。でもまさか、その人のはずがない。その手下というか、人手というのか、つまり労働力だ。完成までにあと何十年、何百年かかるといわれている教会だから、優秀な労働力ならいくらあっても足りないくらいだろう。そこに日本人が働いていても不思議はないかもしれない。

「いやだ」

思わず声に出してしまって、繭子の怪訝《けげん》そうな視線を受ける。

「何がいやなの？ ホームレスだから？ そのガウディって人に傷がつく？ あたしはそうは思わないけどなあ」

繭子が頬杖《ほおづえ》をついて私の出方を待っている。

「べつにホームレスだからどうってわけじゃないのよ。そういうことじゃなくて」

じゃあどういうことなのかといえば、もっとばかばかしいことを考えているのだ。そしてそれを自分で否定しようとしている。そのおじさんがガウディに関わっていたなんて根も葉もない噂だと中学生に対して向きになっている。

「……それより、そのおじさん、ほんとにホームレスなの？」

私が訊くと、繭子は首を傾《かし》げた。

「だっていつも公園にいるっていうんだから、公園の住人だと思うよ、確かめたわけじゃないけど」

「いくつくらいの人？」

「あたし、直接見たわけじゃないからなあ。なんなら、クラスの男子に詳しいこと聞いておいてあげようか」

藺子の目が爛々《らんらん》と輝いている。

「スペインの前にアメリカにもいたことがあるらしいよ、いったいどういう人なんだろうね」

「もういいよ」

自分から尋ねておきながら、強い口調で遮ってしまった。

どういう人なんだろう、と聞いた途端、ほんとうにどういう人なんだろうかと具体的に考えはじめてしまったのだ。写真で見たことがあるだけの、若い叔父の顔。叔父はたしか建築関係の仕事をしていたはずだった。

マンションの部屋を出て、階段を上る間になんとか落ち着きを取り戻そうとした。どうしてあんなに動揺してしまったのか、自分でもわからない。クイズが解けたとか、定理に数字があてはまったとか、そんな段階ではまったくない。ジグソーパズルでいうなら、やっと外側がつながったかというところだ。これからまだまだ内側を埋めていかなくてはならない。そして、その内側にはピースが何百もひしめいていて、ぴたりと揃《そろ》う確率は限りなくゼロに近い。

「お母さん」

ピースを握っているのは、この人だった。

「新婚旅行、スペインに行ったんだったよね」

そうだけど、と夕飯の支度をしていた母が振り向く。

「どうしてスペインだったの」

「どうしてって、べつに特に意味はないわ。ヨーロッパに行ってみたかっただけ」

「ヨーロッパっていったって広いじゃない、どうしてスペインを選んだのかと思って」

「さあねえ、理由はないわ」

そういって母は食卓にお皿を並べた。

「……サグラダ・ファミリアには行ったの」

私の問いに蓋《ふた》をするように、母の声が被《かぶ》さった。

「お父さんがスペインに行きたがったんだったかしら。私はどこでもよかったんだけど」

これ以上訊いても、答えてくれないだろう。母は私に立ち入ってこない。仕事を辞めた頃からその傾向が強くなった。そのぶん、自分も話したくないことは話さない。そう決めたようだった。私はあきらめて手を洗い、食事の準備を手伝うことにする。今のところ、手がかりは玉とスペイン、ガウディだけだ。つけくわえるなら、足が速いこと、だろうか。

翌日、私鉄で一駅先にある母の実家へ出向いた。歩けない距離ではない。途中、例の公園を横切っていけば三十分もかからないだろう。でも私は電車に乗った。もしも公園を通って足の速いおじさんに出会ってしまったらどうすればいいのか——今は答が見えなかった。

教えてほしいことがある、と電話すると祖母の声は弾んでいた。いつでもおいで。満面の笑みで手招きまでしているのが電話越しにも見えるようだった。

母から聞き出せないなら祖母からだ。さいわい祖母には小さい頃からとても可愛《かわい》がられている。祖父母にとって私はたったひとりの孫だった。その立場を利用して、聞きたいことだけを聞き出すというのは少し気が引けるけれど、祖母の気持ちを傷つけないなら許されるんじゃないかと思う。問題は、絶対に傷つけないとはいいきれないことだ。そこだけは注意しなければ、と私は何度も自分に念を押した。

ところが、だ。教えてほしいのは雅彦《まさひこ》のことなんでしょう、と切り出したのは祖母のほうだった。手入れの行き届いた小さな庭に向かって私たちはすわっていた。こちらが気を遣う間もないほど自然でやさしい口調だったから、つい素直にうなずいた。

「どうしてわかったの、って思ってるんだね。顔に書いてあるよ」

祖母はそういっておかしそうに笑った。

母から電話があったそうだ。七海《ななみ》が雅彦のことを知りたがってるみたいだからお願い。

それなら自分で話してくれればいいのに、いつもこうだ。母は意識して私と距離を置いている。今日の話も、わかっていたのならどうして自分で話さなかったのだろう。消息不明の息子と弟、どちらの存在が大きいと一概にいえるものでもないだろうけど、夫と娘とつつがなく暮らす四十代の主婦にとっての弟より、七十を過ぎて独り暮らしの母親にとっての息子のほうが、地下深くまでびっしり根を張る存在なんじゃないか。

「お母さんに聞けばよかったね」

私がいうと、祖母は首を振った。

「いいんだよ、私が話したほうが」

「お母さんのために？」

「真智子《まちこ》のためというより私のため、それから七海のためにも」

私のためにもなるとはどういうことだろう。

「ずっと雅彦のことを話したかった」

祖母はいった。

「だから私が話すのがいちばんいいの。長い間話さないでいると、あの子がほんとうにいたんだか、よくわからなくなってくるんだよ。雅彦なんて子はほんとうはいなくて——だって実際にもうずっといないんだからね、ぜんぶ私の妄想だったんじゃないかって」

妄想という単語が耳でカチカチと反発している。妄想のわけがないでしょうとはいえなかった。祖母にとってはそれほど切実で、でも遠くなってしまった息子なのだ。

祖母の息子、つまり母の弟、私の叔父、吉川雅彦は、有名な大学の建築学科を出ていた。大手の建築設計事務所に就職も決まり、卒業を控えて実家に帰省してきたときは意気揚々としていたという。様子がおかしいと気づいたのは、就職して二年目のお正月だったそうだ。

「目の色が、こう、なんていうか、それまでと違ったんだよ」

祖母はテーブルの向こう側にいる息子の目をのぞき込むような仕種《しぐさ》をしてからそう

いった。

「アメリカの大学院に留学したいっていったんだ。しかも、建築専攻じゃないっていうじゃない。立派な大学を出て、立派なところに就職してるのに、どうしてまたやり直すようなことをするのかと思ったよ私は。でもね、止めなかった。必死に育ててきて、やっと一人前になりかけているときだった。残念だったけど、同時に、奮い立つような気持ちにもなったんだ。ここで応援しないでどうする、って。やっとここまで育った雅彦がほんとうにやりたいと思うことなら、応援しなくちゃ親が廃《すた》る、と思った」

言葉はそこで途切れ、しばらくしてからため息を吐き出すように祖母はいった。

「アメリカの大学院に行ったはずが、しばらくするとスペインから葉書が来たんだ。やっぱり建築が捨てられないって。こちらで修業が済んだら帰るから心配しないでほしい、って。それで、それっきり」

「どうしてスペインから？」

わからない、と祖母はまた首を振る。

「間違いだったと思ったよ。あのとき止めていれば、って何度も悔やんだ」

うん、とうなずいてから、私は祖母の表情が翳《かげ》ってはいないことに気づく。

「でもさ、ほんとうのところは、まだわからないだろ。間違いだったかどうか、決着はついていないんだよ。あの子はスペインでものすごくしあわせだったかもしれない」

　でも――間違いだったというほうがやっぱり正しいと思う。家族にこんな思いをさせてまでしあわせになってもしかたがないだろう。

「ただ、お父さんはかわいそうだったねえ。スペインで修業なんて認めないって、最後まで怒ってた」

　期待をかけた息子だったのだろう。そして母にとっては、仲のよかった弟。

「お母さんはなんて？」

「そりゃあ真智子もひどく嘆いてね、あの子たちはそれまでほんとうに仲がよかったから。それなのに何も話してくれなかったって、親には話せないようなことでも自分には話せたはずじゃないかって、自負が大きかっただけに」

　それで期待するのをやめたのだろうか。私が奇《く》しくも二年で仕事を辞めてきた日も、母は何もいわなかった。どうして相談しなかったのかと、以来結局一度も問われていない。

「真智子は新婚旅行でもスペインに行ってるはずだよ、私たちにはヨーロッパに行くとしかいわなかったけど」

ああ、やっぱり。母は叔父を探してスペインに行ったのだ。探して、というのが違うなら、期待とも呼べないほどの淡い淡い望みを抱いて。

話はそこまでだった。それ以後、この家では叔父に関する新しいことは何ひとつ起きていない。

「お昼を食べて行きなさいよ、簡単なものしかないけど」

不意に胸がつーんとした。食べて行きなさいよ、と声をかけるべき相手が祖母にはひとり足りない。そして叔父には——もし今も無事にどこかで生きているなら——食べて行きなさいよ、といってくれる人がいるだろうか。いるといい、と祈るような気持ちで思う。

「うわ、おばあちゃん、簡単なものっていうからおうどんか何かかと思ったら、ハンバーグじゃない」

私が歓声を上げたそれは祖母特製のハンバーグで、母が子供の時分から祖母の十八番《おはこ》だったというものだ。どこで食べるハンバーグにナイフを入れたときに熱い肉汁とともに引っかかっていた気持ちも、ハンバーグより格段においしい。

流れた。次はない、といわれてそう思い込んでいた自分をお肉や玉葱《たまねぎ》と一緒に飲み下す。次はある。強く信じさえすれば、次は必ずある。祖母が叔父の次を信じて、今でも認めようとしているように。それでしあわせになれるか、まわりをしあわせにできるか、何の保証もないとしても。

玉と俊足とスペインとガウディとアメリカ、それにハンバーグ。それで駒《こま》はそろう、か。祖母の家を出て歩きながら考える。いっそのこと、繭子に頼んでみればいい。「そのおじさんの好きな食べものは何か、誰かに訊《き》いてもらってくれない？」ハンバーグだとわかったら、私はどうするだろう。外側がカリッと香ばしく焼けていて、内側はふんわりジューシーなハンバーグ。もしかして、それをもう一度食べたくて、ここまで帰ってきたのかもしれない。

まさかね、と思う。そんな話、あるわけがない。

駅を出て踏切を渡ればすぐ左手に公園が見えてくる。まだ公園を通って帰る勇気はない。葉の落ちた木々を見上げながら、こんな日はおじさんは寒いだろうな、と思った。

クックブックの五日間

きっかけは何だったのかという質問を受けることがある。一度や二度ではない。そのたびに、人はどうしてきっかけが好きなのだろうかと考えさせられることになる。

さあ、なんだったかしらねえ。——答になっていないことは承知している。

きっかけなんて、ちょっとしたはずみのようなものではないか。もともと盥《たらい》には水がいっぱいに張っていたのだ。そこへ一滴落ちることによってあふれてしまう。その一滴が何だったのか、滴《しずく》がいつどんなふうにもたらされたのか。そこが最もわかりやすくドラマティックであることは私にもわかる。しかし、もともと盥にあった水のほうこそ大事なのではないか。インタビュアーなら尚《なお》のこと、溜《た》まっていた水に興味を向けるべきではないか。

更に話を聞きたいようなら、別の答え方をすることもある。昔の恋人がきっかけなのよ、というものだ。すると彼または彼女はうなずいてみせ、おいしいものを食べることの好きな方だったのでしょうね、と相槌《あいづち》を打つ。そうね、と私は微笑む。おいしいものを食べるのが嫌いな人っているのかしら。

ごくまれに、熱心なインタビュアーが訪れる。質問をいくつか受けてみれば、すぐにそれがわかる。私の書いた料理本をしっかりと読み、自分でもいくつかつくってみる。それを食べておいしいと感じたときにだけ、質問というものは形を変えるらしい。彼らの質問は他のたくさんの人々の質問のように、ジェリービーンズみたいなふにゃふにゃの楕円《だえん》では決してなく、こちらの胸に食い込むための楔形《くさびがた》をしている。

今日私のスタジオへおずおずとやってきたインタビュアーは、まだ二十代前半と思《おぼ》しき、小柄で額の広い、利発そうなお嬢さんだった。しかし、如何《いかん》せん若い。ひと目見ただけで、この人の質問はきっと無花果《いちじく》のような形をしているのではないかと思えた。私の仕事は料理をつくること、そのつくり方を本に書くことだ。インタビューに答えることではない。要領を得ないインタビュアーに仕事場でうろうろされると足手まといになる。

彼女が現れたとき、それを危惧《きぐ》した。いつまでも親元で暮らしているような、学生とあまり変わらない気分で生活している女の子に話をしても、うわべしか聞き取ってはくれまい。幸か不幸か私にはそれがよくわかってしまう。なにしろ私自身がそうだったのだから。彼女くらいの頃の私は人の話を聞くこともできない、自分が何を求めているのかもわからないお嬢さんだった。

とにかく、私の書いた本を読んでつくってみてほしいと思う。直接私が話すよりもずっとたくさんのことをわかってもらえるだろう。

それで、彼女が私にする前に、私のほうから質問をした。

「私の料理で何か気に入ってくれたものはあるかしら」

すると、彼女の頬がさっと赤くなった。

「ズッキーニのスープ、です。レンズ豆との相性が抜群だと思います」

おや、と私は思った。ズッキーニのスープを挙げる人はめずらしい。こんなにメディアに取りあげられるようになる前の、つまりあまり売れなかった本に載せていたメニュウだった。地味で目立たず写真映えもしないので、モノクロの頁《ページ》に掲載されていたはずだ。

「ほかにも、たくさんあります。干し海老《えび》と椎茸《しいたけ》の炊《た》き込みご飯、烏賊《いか》とひよこ豆のガーリック炒《いた》め、私の定番料理になりました。それから、トマトと玉葱《たまねぎ》のスープの、黄金の比率というの、素晴らしいと思います。比率さえ間違えなければ誰にでも極上のスープがつくれるなんて」

おずおずと見えたのはよほど緊張していたせいだったらしい。この人の言葉は礼儀正しいのに堂々としている。私のつくるものをほんとうに気に入ってくれているのが伝わってくる。

「よく読んでくれているのね。どうもありがとう」

私がいうと、彼女はますます頰を赤く染めた。その初々《ういうい》しい姿に、まだ芽を出したばかりの青い筍《たけのこ》の匂《にお》いをかいだ気がした。

朱鞠内湖《しゅまりないこ》のことを話そうか。

盥に落ちた最後の一滴。それが朱鞠内湖だった。久しぶりに口にしてみたいような気持ちになっていた。

この仕事を始めたきっかけが朱鞠内湖だと答えると、相手は大概腑《ふ》に落ちないという顔をする。北海道の、道北中央部にある美しい湖。その朱鞠内湖に料理作家と結びつくようないったい何があったのかと不思議に思うらしい。あるいは、目を輝かせる。いよいよ何か面白い話が聞けるんじゃないかと期待して。何もなかったのよ、という答が返されるとは思ってもいない。朱鞠内湖に、ではなく、朱鞠内湖で何があったのか、という質問でもほとんど同じことだ。私の個人的な感想としては、そこに何があったのかより、そこで何があったのかと尋ねるほうが気が利《き》いているとは思うが。

その若いインタビュアーはきちんと、朱鞠内湖で、と訊《き》いた。

「何があったのでしょうか」

瞳《ひとみ》をまっすぐこちらに向けている彼女に少し申し訳ないと思いつつ、私は答える。何もなかったの、ほんとうに何もなかったのよ、と。ではどうしてそこにいらっしゃったのですか、と彼女は重ねて尋ねる。美しいから、というしかない。朱鞠内湖はとても美しい。それは事実だ。

私はまず朱鞠内湖の場所を教える。テーブルの上で紙に簡単な地図を書き、JRの――当時は国鉄だった――列車がすぐ近くを走っていたことも付け加える。

「列車に乗って通ると、白樺《しらかば》の林の向こうに輝くような湖が見えてくる。まばゆくて言葉も出ないくらいだった」

そして、それが朱鞠内湖のすべてだった。

私たちは初冬の、東京でならまだマフラーも手袋も気が早すぎて笑われてしまいそうな季節に朱鞠内湖を訪れ、凍《い》てつく空気の底で陽光を反射して輝く湖を見た。湖面は鏡のように静かで、まるで水自体が発光しているかのようだった。

繰り返すけれど、それが朱鞠内湖のすべてだ。ほかには何も、まるで何も、なかった。

もともと景色の美しさに惹《ひ》かれて訪れたのではない。その名前の響きの美しさに吸い寄せられた。しゅまりないこ。そう発音した途端に唇からこぼれる小さな踊り子たちがお辞儀をするような感じ。しゅまりないこ。その名前は完璧《かんぺき》に美しい。ただただそこに惹かれた。私と、その頃何もかもを賭《か》けるくらい思い詰めて逢瀬《おうせ》を重ねた恋人との、初めての旅だった。

一日じゅう湖の畔《ほとり》に佇《たたず》んでいた。ときおり、遠くで魚が跳ねる音が聞こえた。あとは何も起こらなかった。一分と一時間がほとんど同じ重さしか持たず、今この瞬間が永遠に続くかのように思われた。

「永遠、ですか」

インタビュアーはそういって頰を染める。そしてうっとりと首を振る。

「美しい旅だったのですね」

私はそれには答えない。朱鞠内湖は美しかった。しかし旅が美しかったかどうか、今になってもわからない。

二日間、と最初彼はいった。二日なら休める、と少し得意そうにして。当時は今ほど長い休みを取るのがあたりまえではなかったにしても、二日で旅はできない。特に、逃避行のつもりの、人生が変わるかもしれない道行きに二日しか充《あ》てられないのではお話にならない。そういうと、彼がとても困った顔をしたのを覚えている。結局、五日になった。彼がどんな苦慮の上に五日間の休暇を得たのか、私は知らない。知ろうとしなかった。

彼は大学の研究室に勤める助手だった。教授、助教授、室長、講師、助手、研究員、等々身分は細かく分かれていたようだ。私は彼がどんな研究をしていてどんな立場にあるのか、ほとんどわかっていなかった。知りたいと思って何度も話を聞くのだけれど、いつも途中でどうでもいいような気持ちになってしまった。彼がどんな立場でどんな研究をしていようと、私といるときには関係がない。もちろん関係がないはずはなかったのに、きっとそんなふうに思っていたかったのだと思う。今ふたりの間にあるものだけを大事にしたい。その思いであふれそうだった。二十歳そこそこだった私は、生まれて初めて男の人を愛しているという実感に身も心も震わせていた。彼に、というよりもその事実に夢中だったのかもしれない。

家にはお手伝いさんが住み込み、それとは別に家庭教師や料理人が通ってきた。私は自分では何もする必要がなかった。それが普通ではないとうすうす感じてはいたけれど、つきあう友人たちも皆似たような環境にいたから、特別だと意識する機会もなかった。短大を出て、親の会社に名前だけ入った。働いたことはない。実質は家事手伝いというより行儀見習いの、つまりは嫁入り修業中の身だった。

ある日、飼っていた熱帯魚が水面に浮かんでいるのを見つけて大騒ぎになった。他でもない、この私が大騒ぎをしたのだ。騒げば誰かが何とかしてくれると思っていた。家の人たちは慌てて相談したらしい。家庭教師の伝《つて》をたどって青年が連れてこられた。ずいぶん日に焼けた青年だった。濱岡と名乗った彼は、海洋生物研究室というところで研究をしている、学生と研究者と肉体労働者の中間のような者だと自らを紹介した。

「なんとかして私の魚を助けて」

挨拶《あいさつ》を遮るように、私はいった。彼は大股《おおまた》に水槽に近づいてしばらく様子を見ていたけれど、こちらを振り向き、

「あきらめたほうがいい」

といった。

「勝手なことをいわないで。そんな簡単にあきらめられるわけがないでしょう」

半ば叫ぶように私がいうと、彼は唇を固く結びしばらく黙っていた。それから、取り乱す私を穏やかな声で諭した。

「叫んでもしかたのないことはあるのです」

大げさにいえば、その声に平手を張られたような気がした。叫んでもしかたのないことがあるということを、そのときまで私は知らされていなかった。おかしな話だ。熱すでに二十歳だったのだ。知るとか知らされるとかそんな歳《とし》ではなかったはずだ。帯魚の死に限ったことではない。叫ぼうが騒ごうがどうしようもないことがあるのだと、その事実が彼の声によって初めて身体の中にどすんと入ってきた感じがした。

私は彼をまじまじと見た。見たことのない顔、見たことのない声、そして見たことのないまなざし。新しい人だ、と思った。初めての人だといいかえてもいい。今まで自分のまわりにいた人たちが急に皆同じ顔に見え、この人こそが私にとって唯一《ゆいいつ》ほんとうの人間であるような気がした。

あとで本人が語ったところによると、彼にとっても私はまるで見たことのない人間だったらしい。それはそうだろうと思う。出会った頃の私はまったく野蛮で無作法な人間だった。彼といるとそのことがよくわかった。富んでいるのは外側だけで、実際の私は貧しかった。

ほどほどの知性と教養があり、家庭内の始末に長《た》け、いつも穏やかに微笑んでいる。そういう娘に育つはずだった。皮肉なことに、父や母が望んだような娘の姿からも私は程遠く、彼にとっての理想の女性像がもしあったなら、そこにもはるかに及ばなかったろう。幸いなことに、彼はこれまで女性に心を砕いた経験がなかったらしい。二十年間目覚めることのなかった私の奥底から噴き出すマグマのようなエネルギーに彼は圧倒され、やがて私の情熱を受け入れざるを得なくなったのかもしれない。

もっとも、彼とつきあうのは生半可なことではなかった。両親は強く反対した。若く見えても彼は私よりひとまわり近く年上で、社会的にも経済的にも将来有望とはいえず、家柄も釣り合わなかった。会う時間をつくることはもちろん、連絡を取りあうこともままならなかった。黙って見過ごしてくれればやがて自然に消滅したかもしれない不恰好《ぶかっこう》な恋は、咎《とが》められることでかえって逞《たくま》しく大きくなった。

熱い紅茶を入れたポットから若いインタビュアーの分をカップに注ぎ分ける。ありがとうございます、と彼女は口先で礼をいい、紅茶よりも話が聞きたいのだとまなざしで告げる。

「三十年、ううん、もっと前の話なのよ」

つい、言い訳をするような口調になる。

私の本の愛読者であるというこの若い人が生まれるずっと前のことだ。そう考えて、愕然《がくぜん》とする。時間は流れていったのに、ついこのあいだ起きた出来事を語っているような気がしている。すぐ隣にあの人の澄んだ瞳があって、光る湖をじっと見ている。木立を風が抜け、湖面にかすかに波が立つ。その様子をほんとうにまざまざと思い出せるのだ。

あの頃考えていたよりも時が過ぎるのは早かった。あの頃の私は三十年どころか三年後の自分さえ思い描くことができなかった。

「思い切って、ふたりで朱鞠内湖へ旅をしたのですね」

彼女は確かめるようにいった。

「そう、ほんとうに思い切ったわ」

旅先も、日数も、そもそもあの旅に出ること自体、家族には秘密だった。よほど思い切らなければできないことだった。

思い切ったところへ行くしかない気持ちだった。この人と一緒ならどこへでも行けるという気持ち、それがほんとうかどうかを確かめてみたい気持ち。ほんとうに決まっているじゃないの、と若かった私は胸を張った。たぶん、私は胸を張りたかったのだ。それまでの私はどんなに恵まれていようと胸を張れることなどひとつもなかった。自分のいる場所が岩盤のように固く、そのくせ脆《もろ》いということを知っていた。なにしろ自分の足で立っているのではなかったのだから。

親の広げた傘の下でなく、雨に濡《ぬ》れても自分の足で歩いていきたい。そう初めて思った。彼との旅はそのための第一歩だったのかもしれない。そんなふうには思いたくないけれど。純粋に、彼と旅に出ることがうれしくてしかたがなかったのだと信じたいけれど。知りあって間もない、けれど生まれて初めて本気で好きになったと思える人に夢を託した。

私が小さく笑っているのに気がついて、彼女も口元をほころばせる。

「よほど楽しい思い出がおありなのですね」

「いいえ、違うの。今になってみると自分のことがおかしいのよ。ぜんぜんわかってなかったのね。夢なんか人に託すものじゃないわ」

私の言葉に彼女はわずかに首を傾《かし》げてみせる。

「列車の窓からのぞいた朱鞠内湖はほんとうに美しかった。ところが、列車を降りて、自分たちの足で歩いた湖の畔には何もなかったの。そこまでは話したわね」

「はい。何もないところだとご存じではなかったのですか」

「ある程度は知っていたわ。でもね、そこにはほんとうに、まったく何もなかったの。恐ろしいくらいの静寂しかなかった。言葉の遊びじゃないんだけど」

私がいうと、彼女はうなずいた。

「言葉もなくしてしまったの」

「あまりにも何もなくて言葉をなくした、という比喩《ひゆ》ではないということですね」

「もしもそうだったとしたら、驚きや落胆が落ち着けば、また言葉は戻ってきたはずよね」

「――でも、それはなかった」

私は微笑んでうなずこうとしてうまくいかず、二、三度瞬《まばた》きをしてごまかした。

今でも背筋が凍るような、湖の畔での体験をはっきりと思い出すことができる。そのたびに、耳の奥がつんとなる。あの感じ、頭の芯《しん》が痺《しび》れてしまうような感じだけは、時間がどれだけ経《た》っても忘れられるものではない。そういえば朱鞠内湖のあたりは日本の観測史上最低気温を刻んだ土地なのだそうだ。でももちろん気温の問題ではない。あの初冬のよく晴れた日、私たちは並んで湖の畔に立ち、美しいけれど何もない場所を眺めていた。何もないということがふたりにとってどれほどのものだっただろう。何もなくていいのだ。私たちはお互いさえあれば他には何もいらないはずだった。

どれくらい湖を見つめていたのだったか。凛《りん》と張りつめた凍てつく空気に頬を打たれ、いいのか、このままでいいのか、と鋭く問いかける無言の声を聞いた。私に向けられた声だったのか、恋人の胸に渦巻く声だったのか。横で恋人の身体がぐらりと傾ぐ気配があった。

気がつくと、確かだと思っていたものがひとつひとつ消えていくところだった。輝く湖面も、吹き渡る風も、茫漠《ぼうばく》と広がる空も、色を失っていた。狼狽《ろうばい》し、恐怖した。怖くて、隣に立っているはずの人の顔を見ることができなかった。もしも恋人まで色が薄れていたら、という恐れが頭を擡《もた》げ、それと同時に、この変化が恋人から始まったのだと冷静に悟っていたような気もする。

「ごめん」

彼はいった。裏切ったのではない。ただそこにある事実に気がついてしまったというだけのことだ。彼がすべてを賭ける対象は恋ではなかった。私ではなかった、というべきか。朱鞠内湖を眺めるうちに、それがわかってしまった。恋人が色を失ったから、世界も色を失ったのだ。何ひとつ語るべき言葉を思いつくことができなかった。

悲しさや寂しさ、まして怒りより、困惑のほうが強かった。行き違いや衝突があったわけでは決してない。それなのに、こういう結末にしかたどりつけなかった。これでもう終わりなのだとふたりとも知ってしまっていた。

初日の午後をそうして終えた。晩には黙りこくったままささやかな夕食を終え、別々に入浴を済ませ、離れて敷かれた蒲団《ふとん》に寝た。

なぜそんなことになったのかはわからない。でも、泣いても無駄だということはわかっていた。叫んでもしかたのないことはあるのだ。初めて会ったあの日に彼が告げたように。

翌朝目を覚ますと、自分がどこにいるのかすぐには思い出すことができなかった。ただ、これまで二十年もいたぬくぬくとした場所を遠く離れてしまったことだけは身に沁《し》みてわかった。

「それで、どうなさったのですか」

若いインタビュアーは身を乗り出していた。

「目が覚めたときには彼はもういなかった。朝早く朱鞠内の地を発《た》ったのでしょうね。私はひとりきりになった。でも、当初の予定通り、そこに留まることにしたの。心ゆくまでひとりでいようと思った」

マフラーを頭からすっぽりと被《かぶ》り、耳や鼻まで覆《おお》うようにぐるぐる巻いて、湖の畔《ほとり》を歩いた。歩いても歩いてもひとりだった。湖に倒れて朽ちた木があって、そのそばを通りかかったとき、私の身体から何かが抜けた気がした。茂る下草と黒く湿った土を踏み、歩くそばから音が消えていった。疲れると立ち止まって休んだ。何の音もしなかった。その死んだように静かな場所に留まるうちに、いつか自分はこういうところから来て、こういうところへ帰っていくのではないかと感じた。

怖かった。でも、それだけではない。冷え切った靴の中で爪先《つまさき》がじんじん鳴っていたけれど、それでも、生きていきたい、という欲求がまさにその冷えて感覚をなくした足元から立ち上ってくるのがわかった。

生きていきたいと、そういえば思ったことがなかった。生きているのがあたりまえだったからというだけでなく、あたりまえのように生きていただけで、生きているという実感を持ったこともなかったのだ。

「ところで私は旅行鞄《かばん》を持っていなかったの」

私の言葉にインタビュアーが顔を上げる。

「それまで、旅行には軽いボストンバッグを持つだけで、あとは誰かが持っていてくれたから。それで、あの五日間は、母の鞄を拝借してきていた。きっと母が新婚旅行に使ったものね。昔ながらの角張った、飴色《あめいろ》の革製の旅行鞄だったわ。二日目の晩だったか、その内ポケットに薄い本が一冊入っていることに気づいたの」

何の、と彼女は訊《き》かなかった。ただ固唾《かたず》を呑《の》んで話の続きを待っていた。

「文庫サイズの表紙に、クックブックと書かれていた。旅館での夜、ひとりの部屋で頁《ページ》をめくったわ。モノクロの写真がついているだけの地味なレシピ集だった。私はむさぼるようにその一冊の本を読んだ」

他に読むものがなく、することがなかったから、ともいえる。私は翌日も朝から湖へ出かけて畔を歩き、切り株に腰をかけて凍えそうな指で頁を繰った。ふと目を上げると、昨日恐ろしいほどの孤独を突きつけてきた湖の表情が少し和らいでいた。

「そこに答があったのですね」

答、だろうか。式といったほうが近いかもしれない。

「朝から晩までその本を読んで、冷えてどうにもならなくなると宿へ戻って暖を取って。そうやって少しずつ読み進むうちに、料理ってなんてシンプルで美しいものなんだろうと思った。ここにぜんぶ書いてあるじゃないかって、だんだん目の前の霧が晴れていく感じがしたわ」

父の食道楽、母の料理自慢、そして選ばれた料理人の腕のよさ。それらが無意識のうちに盥《たらい》に汲まれた水だとすると、最後に垂らされた一滴がクックブックだった。

「わかるような、わからないような？」

声に出して問うてみる。彼女のほうを窺《うかが》うと、恥ずかしそうに小さくうなずいた。

「そう、誰かに説明しようとするととてもむずかしいのね。私はそのクックブックを読んで、宇宙の真理が書かれた本を覗《のぞ》いているような敬虔《けいけん》な気分になった。控えめにいって、あれはバイブルだったわ」

「ええと、つまり――」

彼女が言葉を慎重に選んでいるのがわかる。

「恋人に惹《ひ》かれたわけだとか、突然別れてしまったわけだとか、そこに全部書かれていたと」

私は声を立てて笑う。

「そうね、まあそんなところね。私はあの本に出会って初めてひとりで生きていくということを真剣に考えることができた。もちろん、肯定的な意味で」

「一冊の本を読んで人生の謎《なぞ》が解ける、あるいは解けたような気持ちになる、というのはわかる気がします」

彼女はそういって、しっかりと顔を上げ私の目を見た。

「碓井《うすい》さんの御本には、そういうものが書かれていると私は思います。手軽においしくとか、本格的なとか、そういう形容が一切いらない料理本です。これしかない、これ以外にやりようがない、ひと皿への手順が書かれていますね」

「ありがとう」

と私はいった。

でもきっとあのクックブックが一冊あっただけでは駄目だった。私の中にすっかり入ってくるためには、それまでの私の人生が――どれだけ空虚なものであろうとも――必要だった。娘への愛情の与え方を間違ったにせよ、あの父と母の娘であったこと、食べものに恵まれて育ったこと、それから、ただ響きが美しいというだけの理由で朱鞠内湖を選んだことにも私は導かれていたのだと思う。そして、別れがどんなにつらくても、あの人と出会わなくてはならなかった。

「濱岡さんというその青年とは、その後は――」

彼女の問いかけに私は首を振る。一度だけ、新聞で名前を見かけた。独身のまま、若くして研究室の責任者になったようだった。彼にとっても朱鞠内湖は分かれ道だったのかもしれない。

今でもときどき、ふと夢想することがある。もしもあのとき朱鞠内湖へ行かなかったら、あの冷たく輝く湖をふたりで見なかったら、と。ただの夢想だ。私には私のこの人生こそがふさわしかったという自負がある。でも、どんな人生もありだったと今は思うのだ。たとえば裕福な実家の援助を絶たなかったら、あるいは親の選んだ人と結婚していたら。

夢想の果てに、いつも日に焼けていた彼が遠くの海に出かけるときに、いってらっしゃいと手を振る自分の姿が見えるような気がするときも、あるのだ。

ミルクティー

ぴんと来る。ぴん、ってどんな感じだろう。たとえば、犯人とすれ違った瞬間に何かを嗅《か》ぎつける名探偵の勘のようなもの、あるいは妖気《ようき》に触れると前髪がぴんと立つ、あの感じ。

「それじゃ鬼太郎です」

高野くんはいって、小さなため息をついた。

「わかってはいました、真夏さん、僕のことは眼中にないんですよね」

「や、そんな、そういうわけじゃ……」

恋だとか愛だとか浮ついた話になると私は途端に退行する。自分でもおかしいくらいあっさりと白旗を挙げてしまう。なんというか、向いていないのだ。自分が誰かによりかかっているところをまったく想像できない。

「えーと、眼の中だなんて、そんな具体的なことを考えたことはなかったから」

「具体的にする対象がずれてます。要するに真夏さんは僕に特別な好意を持っていないということですよね」

高野くんは自分で結論を導き出した。向かいあってすわった古めかしい喫茶店のテーブル席で黒々としたコーヒーを見つめている。

ぴんと来たんです、と高野くんはさっき切り出した。残業の後、話したいことがあるからと呼び出された会社近くの喫茶店だった。食事やお酒じゃなかったから、てっきり仕事上の悩みを相談されるのだと思った。真夏さんをひと目見たときから、と頬を紅潮させて熱っぽく語るのだが、初めて会ったのは四年も前だ。ちょっと遅れた新入社員として、こちらは指導社員としての対面だった。あれから四年間も黙ってぴんと来続けていたということはまさかないだろう。

「ずっと真夏さんのことだけ追いかけてきました。でも指導社員に対していきなり好きだなんていっちゃいけないことはわかってましたから、少しでも精進《しょうじん》しようと思ってこの四年がんばってきたんです」

「高野くん、昇進しようなんて考えてたの。そんな頃には私たちきっとずいぶん年とっちゃってるよ」

「違います、昇進じゃなくて精進です」

精進って肉や魚を使わない料理につける冠としてしか見かけたことがない。古くさい言葉を使う人だなあと思う。でも目の前の高野くんは真剣な顔で私を見ていた。茶化すわけにはいかなかった。

「ごめんね」

いいかけると、高野くんが椅子から立ちあがりそうな勢いで遮った。

「いいんです、それ以上いわないでください。ここで決定的なことをいわれると次がなくなっちゃいます」

「次って」

「次はまた四年後です。それまでにもっともっといい男になってきっと真夏さんを振り向かせます」

いいなあ、この若さ。四年後に私がいくつになっているか、ほんとうには考えていないんだろう。でもどうしてまた四年後なのか。私の疑問を感じ取ったように高野くんは表情を崩した。

「実は僕、二月二十九日生まれなんです。便宜上、誕生日は三月一日ってことになってますけど。次に二月二十九日を迎えるときまでには、きっと」

きっときっと、と力む青年を前に、二月二十九日生まれがもうひとりいたことを思い出していた。彼女は高野くんとは違い、二月二十九日生まれで通していた。いつだったか誕生日の話になったとき、大事そうに教えてくれたのだ。

「二月二十八日はたしかに越えたけど、まだ三月じゃなかった。みのりが生まれたのはそんな不思議な朝だった——母がそういってたの」

あのときもやっぱりぴんと来なかった。近しい人たちが次々と出産を経験していくこの頃になって初めて、お母さんというのがどんな気持ちで出産した日を——つまりは子供の誕生日を——記憶しているのか、ようやく少しは想像できるようになったかもしれない。でも、あの頃は無理だった。みのりの言葉は私の耳を素通りしていった。

いつもそうだった。みのりとの会話はぴたりと噛《か》みあうようなことはなくて、ちぐはぐした思いが残った。それでもお互いつかず離れずのところにいたのは、会話のないときにこそ寛《くつろ》いでいられる相手だったからだろうか。

「真夏さんも今月生まれですよね」

テーブルを挟んで高野くんがうれしそうにいう。

「あ、うん、そう」

だけど私はべつにうれしくもない。

二月に生まれたのに、真夏。父親の赴任先のオーストラリアで生まれたせいだ。南半球では二月は真夏なのだといちいちまわりに説明するのももどかしく、名刺を渡して夏生まれなんですねと訊《き》かれるたびに両親の自意識過剰気味の命名に困惑してきた。しかし文句をいう前に彼らは離婚してしまい、名前のことで愚痴るような感傷はすでにゆるされなかった。専業主婦だったからよけいに、離婚して苦労を背負い込むことになった母を見てきた。早く大人になって助けたかった。人よりも早く大人になろうとして、もしかしたらどこかを飛ばしてきてしまったのかもしれない。

みのりというのは、私が飛ばしてしまった部分をしっかりと握り、そこにこそ時間をかけて大切に育ててきたような人だった。どちらがよかったか、どうすればよかったのかなんて考えるのはやめにしている。私は望んでこうなったのだと思っている。早く大人になりたかった。厚い皮をかぶってどこへでもひとりで行けるのが大人なら、それを脱ごうとは思わない。

「真夏さん、この後、食事につきあっていただけますか」

高野くんはいつのまにか普段の様子を取り戻してにこにこと笑っている。

「真夏さんに色よい返事をもらえたらお連れしようと思っていた、とっておきの店があるんです」

「……色よい返事をした覚えはあんまりないんだけど」

「わかってますって、でもそれでもよくなったんです、真夏さんと一緒においしいものを食べられたら、それだけでうれしい」

そういうと高野くんは伝票をつかんで立ち上がった。なるほど、と思う。

「高野くんもそうなんだ」

後について喫茶店を出ながら背中につぶやいた。

「何がですか？」

「誰かと一緒においしいものを食べるともっとおいしく感じるって。私、そういうのあんまりわからないから」

背の高い高野くんがちょっと背を屈《かが》めて私の顔をのぞき込むようにし、

「真夏さんはおかしなことをいうなあ、相変わらず」と笑う。

「誰と食べてもおいしいわけじゃないんですよ、わかってますよね？」

どこかで聞いた台詞《せりふ》だった。

セネカだかキケロだか、古代ローマの哲学者がいったのだという。何を食べるかより、誰と食べるかを考えなさい、と。そう穏やかな声で話したみのりのことを、また思い出している。そのときもぴんと来なかった。誰と食べるか、考えた末に選んだのが私だったということなのか。

「どうかしました？」

コートの襟を立てて半歩先を行く高野くんが振り返る。

「ずっと、ひとりでいるのが好きだったから」

私の言葉をどう受けとめたのか、高野くんは黙って穏やかに微笑んでいた。

どこへでもひとりで行った。映画やお芝居はもちろん、コンサートにもひとりで行くし、レストランへもひとりで入る。それでいい、それがいいと思ってきた。自分以外の人に気を遣う余裕があるなら、目の前で起きていることを百パーセント自分自身で楽しみたい。

だからたとえば、ひとりでレストランに入って味気ない食事をするくらいなら家でお茶漬けを食べたほうがましだなどと話す人を見るとなさけない。レストランはひとりのためにもちゃんとおいしいひと皿をサービスしてくれるはずだ。それなのにどうしてひとりだと味気なくなるというのだろう。

つまらない食べものの代表のように名指しされるお茶漬けも不憫《ふびん》だ。お茶漬けって、ちゃんとつくると実はすごくおいしいものなのに。ふっと浮かんだおいしいお茶漬けのイメージを、しかし私は振り払った。お茶漬けではなく、これからレストランでおいしいものを食べるのだ。高野くんと食べることでそのおいしさの質や量が変わるのかどうか、ほんとうのところあまり期待はしていない。

あれからも高野くんは以前と変わらぬように話しかけてきてくれる。職場で毎日顔を合わせる以上、それはありがたいことだ。

「ゴールデンウィークの予定、もう埋まってますか」

高野くんが席を立ってきて、にこやかに聞いた。お昼の後の休憩室で、コーヒーを飲んでいるときだった。奥に五、六人のグループがいて、私は少し離れた席にひとりでいた。

「うーん、どこかに行こうかとは思ってるけど、まだはっきりとは決めてないよ」

「あ、じゃあ、台湾どうですか？」

ぱっと目を輝かせた高野くんがにこやかになればなるほど、私は冷静になった。

「たまにはみんなで旅行に行こうかって話してるとこなんです。台湾に、なんだか面白い医者がいるそうで」

高野くんの後ろで女の子たちがこちらの様子を窺《うかが》っている。

「ありがとう。でも、私はいいや」

「そう……ですか。わかりました。でも、気が変わったらいつでも声かけてくださいね」

ありがとう、ともう一度私はいう。気が変わることはないだろうけれど。

旅行もひとりがいちばんだ。さびしくも、怖くも、全然ない。人と合わせるのが煩《わずら》わしい。自由に歩きまわるために旅行に出て、人を待ったり、人の好みや歩調や睡眠儀式につきあわされたりするのでは、なんのために出かけたのだかわからない。

「それで、真夏さんはどこへ行こうと思ってるんですか」

「屋久島《やくしま》」

聞かれる前に、続けて自分から申告した。

「ひとりで」

前にひとりでニューヨークに滞在したことを話したときはさして驚かれなかったのに、ひとりで縄文杉を見に屋久島へ行くというと驚かれるのはどうしてだろう。

「だって原田さんらしくないですもん」

後輩たちが向こうのテーブルから笑いあう。

「屋久島ってなんかこう自然に抱かれて、って感じ？　トレッキングシューズ履いて。原田さんのイメージじゃないです」

「女ひとりで屋久島ってハードすぎますよ」

勝手なことをいって、そろって私のほうを見ている。

「いずれにせよ、原田さんには似合いません」

そうかな、といって席を立つ。少し苛立《いらだ》っていた。この頃、何かが変わってきている感覚がたしかにあった。たとえば、大きな声で笑った後に、ふと我に返ってしまうこと。開けた口が大きければ大きいほど、口を閉じるタイミングを計るようなこと。その瞬間の、ひっそりしたさびしさを意識すると胸の奥が硬くなる。ひとりでじゅうぶん楽しんでいたはずの食事の途中で、あるいは、小さな旅行の後に。若い彼女たちにそれを見透かされたような気がした。

いずれにせよ、そろそろ午後の準備をしておく時間だった。

「あ、原田さん」

まだコーヒーを飲んでいる彼女たちのひとりから背中に声がかかった。

「三時からの会議の資料、できてます。できればちょっと目を通していただきたいところがあるんですけど」

「……だったら急いで。今しか時間取れないから」

すいません、と慌てて立ち上がる彼女の顔に先ほどまでの笑みはなかった。部屋の空気が一瞬にして冷えたのがわかる。

もう少しやわらかいいい方ができないの——自分でも思ったが、後の祭りだ。そのまま休憩室を出て、オフィスに戻る手前で、誰かが後ろから足早に近づいてくる気配がした。振り向かなくてもわかる。高野くんだ。ドアに手をかけようとした私に追いついて、ことさら明るい声でいう。

「だいじょうぶですよ、真夏さんがホントはやさしいってこと、みんな知ってますから。そうじゃなかったら誰もついていかないはずです」

ため息をつきたくなるのをこらえて振り返る。

「なぐさめてくれてありがとう。私はホントはやさしいのね、そうは見えないけど」

「あ、いえ、そういうつもりじゃなくて」

焦《あせ》って言葉を探す高野くんに、さらに苛立った。

「あのね、私はもともとだいじょうぶなの。ご心配なく」

こんなふうにいうこともないだろう。これじゃ八つ当たりだ。ドアを開けながらちらっと振り返ると、高野くんはビクターの犬みたいに肩を落として立ち止まっていた。その様子はちょっとかわいいな、と思った。

午後の会議とその後の補完作業を終えてほっと一息ついた頃にはもうオフィスには

ほとんど人は残っていなかった。金曜の夜だからか。最後の資料をファイルしキャビネットの扉を閉じたとき、ふわりと気持ちが持ち上がるのを感じた。久しぶりに来た。小さくときめくような、華やぐような衝動——どこかへ旅に出たい。どこへでもいい。ひとりで南の海へ飛んでのんびりしようか。それとも寒い季節には寒いところへ行くのがいいだろうか。

そんなことを思いながら、コンピュータの電源を落とす。と同時にいったん浮き上がった気持ちが元の場所へ舞い戻るのがわかった。急に現実のまんなかに置き去りにされたように立ちすくんでしまう。私はきっと出かけないだろう。休みが取れるならたまには帰ってくるよう母にいわれているし、運転免許の更新もしなくてはいけない。出かけない理由をすでに数え始めている。

以前なら三日以上の休みが取れれば、ひとりでどこへでも飛び出していった。昔よりお金はある。時間の余裕も持てるようになった。それなのに、どうして。だんだん出足が鈍くなってきている。少し疲れているんだろうか。何かあたたかいものがほしいような気分だ。できれば素朴なスープだとか、ミルクティーだとか、そういうものが。

あれ、と思う。なんだか変だ。ミルクティーが飲みたいなんて、たぶん初めて思った。

デスクの上を簡単に片づけてコートを羽織り、バッグを抱え、オフィスを出る。思ったより外は風が強い。地下鉄の入口まで早足で歩くうちに、ミルクティーが好きだった人の姿が目に浮かんできてしまった。

私が飲みたいのはいつもコーヒーで、みのりは紅茶だった。

「どうしてもコーヒーじゃなきゃ嫌だってわけでもないんだけど」

私がいうと、みのりはコーヒー豆を挽《ひ》きながらこちらへすいっと顔を向けた。

「仕事で煮詰まってるときなんか、一杯の熱いコーヒーに救われることがあるんだ。目が覚めるっていうか、さあもうひと息がんばろうって思えるっていうか。でも、紅茶は、飲んでしみじみおいしいと思ったことってないな」

「なんとなく、わかるよ。真夏はコーヒー向き。コーヒーって、これからのための飲みものって感じがするもの」

またみのりがおかしなことをいっている。そう思って、尋ねた。

「じゃあ、紅茶はどうなの、何のための飲みものなの」

すると彼女は少し考えるふうになり、ミルを回す手を止めた。

「紅茶は、どちらかというと、振り返るための飲みものなんじゃないかなあ。何かをひとつ終えた後に、それをゆっくり楽しむのが紅茶」

これからではなく、これまでを楽しむもの――やっぱりぴんと来なかった。答えた後で本人も照れくさくなったらしく、それからはもう何もいわずにコーヒーを淹《い》れてくれた。そうして自分のためにはもう一度お湯を沸かし直して、丁寧にミルクティーを淹れたのだ。きりっとしたコーヒーを飲みながら、みのりのカップの中で濃いめの紅茶にミルクがゆったりと溶けていく様子を見て、なんだか羨《うらや》ましいような気持ちになったのを覚えている。

おいしい紅茶を飲んだことがないから。それはもしかして、おいしいお茶漬けを食べたことがないからお茶漬けを見くびるのと似ているだろうか。この間、おいしいお茶漬けのことを考えそうになって慌てて打ち消したのも、みのりのことを思い出しそうになったからだった。ぴんと来なかった。ずっと、まるで、ぴんとなんか来なかった。会わなくなってずいぶん経《た》つ。どうして今頃になってたびたび思い出してしまうのだろう。

みのりのつくってくれたお茶漬けは格別においしかった。

「なんじゃこりゃ」

ひとくち食べて思わず声を上げると、彼女は小さく笑った。

「これがお茶漬け？　みのりっていつもありあわせでこんなの食べてるの？」

それはぴかぴかのごはんに炙《あぶ》った鮭《さけ》、あられと海苔《のり》と山葵《わさび》をのせただけの、どこにでもありそうな、でも決して他では食べたことのないお茶漬けだった。焙《ほう》じ茶をかけると、ひと息に食べてしまった。普段から口数の少ない彼女は、このときもちょっと首を傾《かし》げるかどうかして微笑んでいただけだったはずだ。

就職してしばらくの頃の飲み会の後だったと思う。思うようにいかない仕事のことを愚痴った覚えがある。成り行きで誰かの部屋に寄るなんて、そんなことをしたことはなかったのに、ついふらっとついていってしまった。

「お茶漬けでも食べていかない？」

みのりがそう誘ったのだ。

「お茶漬け、いいねえ」

いいながら私は、男はこういう子に弱いだろうな、と思った。私の中の男度はどれくらいだろうと思ったりもした。私が飲んだくれてみのりの部屋の炬燵《こたつ》でとぐろを巻いている間に彼女は台所に立ってごはんを炊《た》いていた。たしか土鍋《どなべ》か何かで。お茶漬けのためにわざわざごはんを炊くのかと驚くような呆《あき》れるような気持ちで彼女の後ろ姿を眺めていたのを今も覚えている。

私たちは高校の同級生だった。といっても山陰の田舎町にいた頃は親しくもなく、話した記憶もあまりない。進学で上京して以来、ときたま会ってごはんを食べたりするようになった。あの町からの進学は関西方面が多く、東京へ出るのはごくわずかだった。そうでもなければ、おとなしくて目立たなかった彼女と連絡を取りあうこともなかったかもしれない。

意外にも私たちはよく合った。性格も考え方も何もかも正反対のようでいて、一緒にいるといちばん楽なのがみのりだった。みのりのほうでもそうだったらしく、私たちは何度かふたりで旅行にも出かけた。ひとりの好きな私が誰かとふたりで旅行をしたのは、後にも先にもみのりとだけだ。

会わなくなったのは些細《ささい》な口論からだ。

どうしていつも受け身なのかと私が訊《き》いたのだ。

「私が？　受け身？」

みのりは一瞬ぽかんとした。それからしばらく俯《うつむ》いていたが、もともとあまり表情の変わらない人だった。みのりがどんな気持ちでいるのか、読み取ることはできなかった。私はみのりにもっと前に出てほしかっただけだ。みのりは賢いし、穏やかでおとなしいけれどしっかりしている。でもいつもそこに留まっているのだ。あれを見たいとかこれが欲しいとか自分からいいだすことはない。もったいないと思った。

「私はちゃんとやりたいことをやっている」

顔を上げたみのりは私に向かってそういった。いつになく強い口調に驚いた。少なくとも記憶にある限り、みのりがこんなふうにはっきりと自分の意見を口にしたのは初めてのような気がする。だから、受け流せばよかったのだ。あるいは反省すべきだった。そうだね、おとなしいから受け身だとは限らないね、と同意すればよかった。

それなのに、できなかった。

「私は心配をしているの。みのりは損してるんだよ。ほんとはもっと前へ出られるのに」

とっさにいい返していた。それほど動揺していたのだ。みのりに反発されることを予期していなかった。

「何を心配されているのかわからない。損もしていない」

そんなことはないと口を開きかけた私を制すように、みのりは、それに、と続けた。

「……前へ出ることってそんなに大事かな」

怒るようなことではない。ここで怒ってはおかしい。そう頭では思いながら、私はひどく腹を立てていた。みのりが私に対してとにかく反発したい、私の何かを否定したいように思えてならなかった。何がみのりを怒らせてしまったのかは知らないし、知りたくもない。みのりが怒っているということに私は怒っていた。

週明けの午後、職場の空気がおかしかった。しばらく外していた上司が不機嫌な顔で席に戻った。取引先とトラブルがあったらしい。噂《うわさ》が走る。やっと契約に漕《こ》ぎつけた例の案件も危ないらしいよ。当事者同士じゃ収まらなくて上が呼ばれたんだって。どうなるんだろうね、高野くん。

高野くん？　思いがけず聞こえてきた名前にはっとした。そういえば、今日は姿が見えなかった。今頃は取引先を訪れているのだろうか。それとも事態の収拾のために奔走しているだろうか。心臓が早鐘を打っている。元指導社員としてではなく、でも恋愛感情とも離れたところにある真っ白い部分がぴくぴく動き出そうとしているのがわかる。触れたこともない感情、そこにあることも知らなかった感情に、名前をつける必要はあるだろうか。落ち着こうとして落ち着くことができず、とにかく高野くんの顔を見たいと思った。いつもの明るい顔ならベストだが、もしも暗い顔をしていたとしてもだ。

夕方遅くにようやく帰ってきた彼に、声をかける人はいなかった。みんなどう接していいのかわからないのだろう。いつもさわやかな高野くん。背が高くて童顔でまだ学生だといっても通用しそうな高野くん。閏年《うるうどし》を迎える経験が私より一回少ない高野くん。

居ても立ってもいられず私は席を立ち、休憩室へ入る。小さなキッチンのキャビネットを開け紅茶の葉っぱを探す。普段飲まないからどれがそれかわからない。葉っぱ、葉っぱ。ティーバッグでいいか。ポットのお湯ではなく沸かしたての熱湯がいいんだっけ。焦るな、落ち着け。一口コンロの上に載っていた薬缶に水を汲《く》んで火にかける。そうだ、みのりがいっていた。おいしいミルクティーのためにいちばん大事なのは、実は紅茶じゃなくてミルクのほうだ、と。慌てて冷蔵庫を開ける。こんな普通の、コンビニで売ってる牛乳でいいんだろうか。わからない。わからないけれど、ミルクティーを淹れたい。それもとびきりおいしいのを。

湯気で靄《もや》がかかったようなベージュの飲みものを高野くんのデスクに持っていくと、彼は書類に落としていた目をつと上げて、それを置いたのが私だということを知ってひじょうに驚いた顔をした。

「すみません、あの、ありがとうございます、真夏さんにお茶なんか淹れさせてしまって」

わざわざ椅子から立ちあがって恐縮している。淹れさせられたわけじゃない。ただ、じっとしていられなかった。こういうのも、淹れさせられたということになるのだろうか。

「まあべつに、ついでだから」

いつもの調子でいってから、ひとつ小さく咳払《せきばら》いをした。

「聞いて驚け、実はこのお茶、私が生まれて初めて淹れたミルクティーなのだよ」

「うわ、すみません、いえ、ありがとうございます」

高野くんは顔を赤くしてさっきと同じ言葉を繰り返す。ミルクティーからひよひよと湯気が上がっている。私の中のどこか硬い部分が緩んでいくのがわかる。

「ありがとう」

聞き違えたのかと思ったらしい。高野くんは、え、という顔になった。

「高野くん、ありがとう、っていったの」

誰かの顔が見たい気持ち、何かをしてあげたいと願う気持ち。気づかせてくれてありがとう。恋ではなくても、たとえ女同士であったとしても、それはたしかに存在する。ぴんとは来なくても、じわじわと来る。ミルクティーのたてる湯気のように。

席に戻りながら、考えるのはみのりのことだ。いつかまた、話したい。できるだけ近いうちに。誕生日おめでとう、と電話をかけてみようか。久しぶりに会えたらうれしいと素直にいおうか。連休にはまたふたりで屋久島かどこかへ出かけられないだろうか、と。

自分のためにも淹れたミルクティーに口をつけ、紅茶が致命的に薄かったことを知る。高野くん、ごめん。とりあえずもうひと頑張り仕事を片づけて、懐かしいみのりを誘い出す文句を考えてみようかと思う。

白い足袋

友達と別れ、本屋の包みを抱えて駅からの道を走る。忘れていた。今夜はどうしても観たい番組があったんだった。テレビでは滅多に歌わないロックバンドが歌番組に出るという。本屋になんか寄ってる場合じゃなかった。もう間に合わないかもしれない。電信柱を二本分駆けた角のところでゆるやかに足を止める。信じられない。息が上がって足がもつれそうだ。走ることにはちょっと自信があったはずだったのに。携帯で時刻を確かめて、どうせもう間に合わないし、と口の中でいいわけをする。何事もなかったような顔で歩くけれど、思いがけないほどショックを受けている。歌番組を見そびれたことにか、走れなくなっていることにか、深くは考えないことにする。

深夜に近い時間でも、駅からのアーケードは皓々《こうこう》と明るくて人通りが途絶えることがない。この明るさは、何ものにも代えがたい。ロックバンドも走ることも頭の中から追い払い、気を取り直して歩く。夜七時にはシャッターを下ろす商店街、八時には既にまともな食事のできる店もない。そういう町で育った私には、かぺかぺの魅力は絶大だ。

かぺかぺというのは方言なんだそうで――人に指摘されるまでは標準語だと信じて疑わなかったのだけど――なんというか、表面をつるんとコーティングされて、かぺっと光るようすを表している。案外ひびが入りやすく、そこから表面が剝《は》げて素地が見えてきたりもするのだけれど。それはそれでご愛敬《あいきょう》だ。つまり、かぺかぺはメッキで、かぺかぺは永遠じゃなくて、かぺかぺは本物じゃない。でも、明るくてきれいだ。中身を取り繕って気分よく見せてくれるかぺかぺが私はすごく好きだ。

田舎から出てきてだいぶ経《た》つけれど、今でもかぺかぺにうっとりできる自分はしあわせだと思う。もしもまだあの郷里の町に暮らしていたら、今日のように仕事帰りに友達と会って遊ぶことなどほとんど不可能だ。落ち合おうにも洒落《しゃれ》た店がない。女の子がふたりで夜に出歩くことが続けば、それだけでよくない噂《うわさ》を立てられたりする。おしなべて結婚が早いから、一緒に遊べる友達にも事欠くに違いない。そもそもあの町にいたら仕事に就けているかどうかもわからない。職が少ない。第一次産業と公務員以外の選択肢はほぼないといっていい。

仕事が終わってからカフェで友達と待ち合わせて映画を観る、それだけの道のりに高い壁がそびえている。壁を壊したり、よじ登ったりするよりも、壁のない場所へ出たほうが早いと考えるのは当然だろう。そして、私はここにいる。仕事もカフェも友達もある。映画があるし、本屋がある。

マンションの部屋のドアの前まで、駅からきっかり五分だ。駅からのかぺかぺが途切れない距離を最優先して部屋を選んだ。そうしたら、これだ。ドアを開けて、いきなり爪先《つまさき》立ちになる。収納しきれない靴が三和土《たたき》に並び、その横に今朝出しそびれた不燃ゴミの袋が置いてある。六畳一間。収納は半間。コンロはひとくち。お風呂《ふろ》とトイレはひとつのスペース。でもまあいい。要は取捨選択だ。壁のない場所で暮らしたくてここにいるのだ。

玄関の不燃ゴミの袋を持って部屋を横切る。カーテンを開け、バルコニーの窓を開け、ポインセチアの枯れた鉢の横に袋を置く。電気をつけなくても袋の中身まで見えるくらいに外が明るい。向かいのレンタルショップのかぺかぺの電飾のせいだ。窓を閉め、カーテンを閉めても、電飾が光って見える。この明るさが私の砦《とりで》だ。どんなに夜更《よふ》かししたって、まだ店は開いている、まだお客が来る、少なくとも店員はカウンターの中で起きている。それが私を安らかな気持ちにしてくれる。

ふと見ると、留守電のランプがちかちかしていた。今どき留守電にメッセージを残すのは田舎の母くらいだ。面倒なので携帯の番号を教えていない。冷たい娘かもしれない。でも、これは防衛策だ。これ以上親子関係がぎくしゃくするよりはいいだろう。

ある時期、まいってしまっていた。母から頻繁に電話があった。故郷近くの海が埋め立てられて発電所ができる、とそれはずいぶん前から町にあった計画だ。それがいよいよ動き始め、町は推進派と反対派に分かれ、空気がおかしくなりつつあるという。郷里の町自体が海に面しているわけではない。まして遠く離れた場所で聞く私には、ほとんど他人事《ひとごと》だった。私はマニキュアを塗りながら、ときどきはテレビを観ながら電話を受けた。

海のそばに住んでいる親戚《しんせき》がいて、夏になるとよく遊びに行っていた。あの静かな海にボーリング調査が入り、魚も貝も海藻も壊滅状態だと聞けばさすがにショックだったのは事実だ。でも、報告と称して毎日のように電話をかけてくる母の声を聞くと、逆に、熱くなった血潮が退《ひ》き、気持ちは冷めていくばかりだった。反対運動をするとか、抗議の声明を出すとか、思いがけず闘志のある母の話に適当に相槌《あいづち》を打っている間はまだよかった。

「ほやで咲子もそっちで署名集めてもらえんやろか」

そういわれて思わず、無理やわ、と即答してしまった。

「何が無理やの、無理いってるのは電力会社のほうやろ」

「ほやけど電気は要るんやろ。みんな今の生活レベルを落としたくないと思ってるんやろ。日本のどこかでつくらなあかんのなら、うちらの町にだけは嫌やなんていうの、わがままなんでないか」

正論のつもりだった。ところが、母は引き下がらないばかりか、ひどく嘆いた。

「咲子、あんたのいうことは国や電力会社のいいぶんとそっくりや。今の生活レベルってどんなんやの。電気がほんとにそんなに要るんか、ほかに方法はないんか、考えたことあるんか」

母が自分の意見を述べているのかどうか、疑わしかった。誰かから吹き込まれたのではないか。反対派であるという海辺の親戚に感化されてしまったのかもしれない。

「八木のおじさんらがそういってたんか。ほんでも補償金出るんでないの、漁師やるよりかえっていいかもしれんが」

それが火に油を注いだらしい。

「まじめに働く漁師に未来がないなら、この国にも未来はないわ」

めずらしく母は本気で怒ってしまったようだった。

「母さんはなさけない。あんたは人間を見くびってる。海で暮らしてるもんから海を取り上げる権利が誰にあるんや」

そういった母の言葉の語尾が震えた。怒られるほうがましだった。親に電話口で泣かれるほど気の滅入《めい》ることはない。

「あんたが頭を冷やすまで、もう話すことはないわの」

頭を冷やすべきはそっちじゃないの、と思ったけれど、そう口にする前に電話が切られた。レンタルショップのかぺかぺの光がカーテンの向こうで赤や白に瞬《また》いていた。

以来、部屋の電話に出るのが億劫《おっくう》になった。留守電が助けてくれた。どんなメッセージでも律儀《りちぎ》に聞き取って再生してくれる。母は母で、用事があるときは私が仕事に行っている昼間の時間を選んで電話をかけてくるようになった。

今日の留守電にも、案の定、母の淡々とした声が入っていた。土曜日は何時に帰ってくるのか、できればそちらのお土産を買って来てくれないか、といっている。

「親戚じゅう集まるで、ほうやの、十や二十じゃ足りんで、数考えて買ってきての」

また、これだ。母は田舎を押しつけようとして、私はますます逃げたくなって、でも今度の週末は、仲のよかった又従妹《またいとこ》の結婚式なのだ。逃げるわけにもいかなかった。

思えば、彼女の結婚を知らせる留守電もこんな感じだった。最初だけしゃちほこばった声で、瑞穂《みずほ》ちゃんが結婚することになりました、といい、式の日取りを告げた。

咲子も招《よ》ばれてるでの、といった後、一瞬戸惑ったような間が開き、ほなの、いっぺん電話寄こしねの、とメッセージは切れた。どうして戸惑う？　どうしてそれを隠そうともしない？　結婚する又従妹が年下だからか。そういう無用の気遣いのようなものが煩《わずら》わしいのだと気づかないのだろうか。

それにしても、瑞穂が結婚するとは。なんでも、おじいちゃんの具合があまりよくないから、生きているうちに花嫁姿を見せたいと望んだらしい。留守電によればだ。なんでやの、と私は瑞穂の笑顔を思い浮かべて憤慨する。おじいちゃんのために一生の大事を決めていいんか。あの町にいたら気づけんやろけど、瑞穂、私らまだまだ若いんやよ。今結婚するなんてもったいなくないか。やりたいことやってからでも遅くないんでないか。

しかし、やりたいことをちゃんとやったのか、思い残すことはないのか、と問うのは酷に感じられた。ただでさえ控えめな瑞穂があの田舎町でやりたいことをやりつくして結婚を決めたとはとても思えなかった。

本来なら、まず、おめでとう、というべきところなのに、歯がゆさのほうが大きい。田舎で生まれ育って、田舎で結婚し、これからもずっと田舎で生きていく、おとなしい又従妹のことが憐《あわ》れに思えた。手放しで祝福する気にはなれなかった。

へきょ。へきょ、へきょ。さっきから声がしている。ぐるりと見まわしても、空と、田んぼと、道と。どこから聞こえてくるのかわからない。気持ちのいい快晴だった。まだそこここに雪の残るこの季節に、こんな青空はめずらしい。

結局、実家に泊まるのが面倒で、当日の早朝に着く長距離バスで帰ることにした。市営バスに乗り継いで、最寄りのバス停からの道に、へー、へきょ、鳴いている、鳴いている。向こうにこんもりとした林が見える。昔は鎮守の森と呼ばれていたものが、今では住宅地に迫られ、だいぶ小さくなって祠《ほこら》のまわりを囲むように茂る樹々《きぎ》が残るだけだ。へよ、へきょ、とたどたどしく鳴く声は、あの樹々の中から聞こえてくるのだろう。鶯《うぐいす》だ。この時季はまだ幼い鶯が囀《さえず》り方を練習している。いかにも初々《ういうい》しい可愛《かわい》らしい声を、そういえば久しく聞いていなかった。東京に鶯がいないなんてこともないだろうに。

べつに田舎が嫌いなわけじゃない。お客さんとして過ごすなら、田舎であればあるほど楽しいと思う。広い空も、鳥たちの囀りも、草いきれも、水のおいしさも、星の瞬きも、いつまでも消えないでほしいと思う。それは本心だ。ただ自分は住みたくないと思っているだけの話なのだ。近所や親戚とのつきあいの濃さも、強い訛《なま》りも、買い物の不便さも、就職口の少なさも、お客さんであればどうでもいいけれど自分のこととなったら勘弁してほしい。誰でもそうなんじゃないか。

　早朝のうちに実家に着いた。お義理のお土産をこれ見よがしに玄関に並べ、着物を着ろとしつこくいわれたのを断って、この日のために用意したワンピースに袖《そで》を通す。

「なんやの咲子、着物出いといたんやに、なんで着んの」

　母の文句を聞き流し、さりとて時間が余ってすることもない。

「瑞穂んち行ってくる」

　新しい靴を履いて出かける。この靴だって、服だって、ここじゃぜったい手に入らないだろう。

　婚礼の儀式にも、この辺りではまだ昔ながらのやり方が残っている。花婿《はなむこ》は花嫁を迎えるにあたり、近所へのご祝儀《しゅうぎ》として自宅の屋根からお餅《もち》を撒《ま》く。お饅頭《まんじゅう》やお菓子が混じることもある。一方、花嫁は、嫁ぐ日の朝、自宅で支度をし——白無垢《しろむく》を着付け、高島田に結い、化粧を施し——仲人《なこうど》さんに連れられて花婿の家に向かう。花婿の家には、門の前から地面に緋《ひ》色《いろ》の絨毯《じゅうたん》が敷かれている。お餅撒きの余興で盛り上がった婚家一帯ではまだ興奮も冷めやらず、そこへ登場する絢爛《けんらん》豪華な花嫁は神々《こうごう》しいほど美しく見える。花嫁は衆人の前をしずしずと進んで婚家の敷居を跨《また》ぎ、験《げん》担《かつ》ぎに古い瀬戸物をわざと土間で落として割る。

今朝は瑞穂があのお披露目をする。結婚式より、まして結婚そのものより、晴れがましいことに思えた。もともと私は幼い頃から結婚式があると聞くと花嫁の家に勝手に入り込んではその支度をいつまでも眺めているような子だった。ほかの子供たちが花婿側の家に――お餅を拾いに――駆けていくときにも私だけは花嫁の家を離れなかった。花嫁のうつむいた白い横顔、白粉《おしろい》の匂い、鶴《つる》の刺繍《ししゅう》が施された羽二重のまばゆさ、そういうものに心を奪われた。しかも、あの瑞穂だ。白無垢がどんなに映えるだろう。整った面立ちと、楚々《そそ》とした佇《たたず》まいがどんなにきれいだろう。想像するだけで胸が弾む。パンプスをはいた足も弾むようだった。

しかし、覗《のぞ》いた瑞穂の家は、想像したような静かで厳かな感じとは違い、なんだかあたふたとしていた。瑞穂の姿は見えない。まだ支度の途中らしい。親戚やら近所の人やらが詰めているらしい座敷のほうから声がしている。

「あかん、やっぱりないわ」

「晴れの日に、あかん、いいなんな。すぐ買ってくればいいことやろ」

聞き慣れた声がして襖《ふすま》が開き、親戚のおばちゃんが中から現れた。

「どうしたの、何を買ってくるって？」

上がり框《かまち》に片足をかけながら尋ねる私に、留袖のおばちゃんはちょっと驚いたようだ。

「ああ咲ちゃんか、よう帰って来てくれた。東京でがんばってるんやとのう」

目を細めるおばちゃんの話を遮り、私は聞いた。

「おばちゃん、何か足りんのじゃないの？　あたし、買ってくるざ」

「ほんとけ、なんや悪いのう」

口先とは違い、おばちゃんは既に、渡りに船、という顔になっている。

「いやあ助かるわ、ほな咲ちゃんに頼むの。足袋や、足袋。なんで抜けてたんやろの。あ、ほの瑞穂ちゃんの靴見てくれるか？　二十三センチ？　ほな二十三センチと、念のために五ミリ大きいのと買《こ》うてきて。高澤商店、わかるやろ」

そういって、握っていた五千円札を差し出した。瑞穂の顔をひと目見たかったが、後の楽しみにしよう。

「でっかい白い犬いた店やの、中庄《なかんしょ》の。ちょ行ってくるわ」

私は今入ってきたばかりの玄関を出て歩きはじめる。

「頼んだざ、気いつけねの」

暗い屋内からおばちゃんの声が聞こえた。高澤商店。だいじょうぶ、行ける。昔はあの店の大きな犬が怖かった。立派な店構えにもちょっと気後れした。今なら平気だ。私は大人なのだ。だいたい、あの犬はさすがにもういないだろう。問題は、時間だ。歩いて往復すれば三十分近くかかるのではないか。誰か車のある人に頼めばよかった。こんな道にタクシーが通りかかるわけもない。後悔しながらヒールの靴で歩いていく。けきょ、ほーけきょ、と鶯のこどもが鳴いている。残った雪で道がぬかるんでいて、思った以上に歩きにくい。ヒールが気になる。こんなんで間に合うんだろうか。

　なんとか高澤商店までたどり着いたときには二十分以上が過ぎていた。昔の自分がこんなに遠くまで買い物に来ていたことに少し驚いた。ここに来るときはいつも瑞穂とふたりだったから、遠さを感じなかったのかもしれない。実際、瑞穂とふたりでここに来るのは、ちょっとした事件だった。小学生がふたりで買い物をすること、大きな白い犬が軒下に隠れていてお客が近づくと突然どわんどわん吠《ほ》えること、いつもの駄菓子屋とは違ってちょっと高いものを扱う店であること。そういった条件に加えて、もうひとつ、高澤商店での買い物が特別である所以《ゆえん》があった。

　昔を思い出しながら入口の硝子《ガラス》戸を開けると、店の土間に白熊《しろくま》のぬいぐるみが置かれてあって驚いた。と思うと、白熊がわずかに顔を上げ、ひわん、ひわわんと鳴いた。

「あ、あんた、元気やったんか」

どわんどわわんとはもう吠えられないのだろう。それでも、やっぱりお客に吠えずにはいられないらしい。膝《ひざ》を折って犬の目線に近づくと、ぶふっと鼻を鳴らして横を向かれた。

「吠えるけど噛《か》まんでの、堪忍《かんにん》しての」

奥からおばさんが出てきていた。

「健在やったんですね」

いってから、失礼だったかと後悔する。

「ほんでももうだいぶ弱ってきての、外につないどくと、観光客が無理矢理引きずり出して写真撮ろうとするんですわ。ほんでこうして店の中に入れてるんやけど、のうポチ、吠えるんで困るわ」

この白熊がポチか。

「どうして観光客が？」

「なんとかいう情報誌に出たんですと、長生きの名物犬やとか頭撫《な》でると御利益《ごりやく》あるやとか適当なこと書かれて。ほんで、なんにしましょ」

「あ、足袋をください、花嫁さん用の。二十三センチと二十三・五センチ」

はいはい、といっておばさんは奥の棚に取りにいき、戻ってきながら、もしかして谷川さんとこの、と訊《き》いた。そうだと答えると途端に目尻《めじり》に深い皺《しわ》が寄った。

「おめでとうございます。瑞穂さんはまあほんとにいいお嬢さんで」

「ありがとうございます」

「あら、ほな、あなた、ええと、さちこさん……でなくて、まきこさん……でなくて、ええと」

「咲子です」

「ほやったほやった、咲子さんやった、子供の頃、よう来てくれたの、瑞穂さんと。ほんでふたりして大事そうに足袋抱えて」

　覚えていてくれたのか。それだけで、なんだか光栄だ。そう、この店へ来るときはいつも光栄な気分だった。

　あの頃、足袋は小学生の憧《あこが》れだった。この辺りの足の速い小学生は、運動会のここぞという競技には足袋を履いて走った。運動靴ではなく、裸足《はだし》でもない、足袋で走るのが最も速く走る方法だと信じられていた。しかし、足袋は試金石でもあった。足袋を履いた子が転んだり追い抜かれたりすると容赦なく笑われる。速くもないくせにカッコつけて足袋など履いて、という失笑だ。だから、足袋を履く子には自負があった。履くからには必ず勝つつもりでなければならなかった。

足の速い家系だったのだろう。私も瑞穂も毎回リレーの選手に選ばれた。そしてふたりで意気揚々とここへ足袋を買いにきた。今考えると不思議だ。私はともかく、はにかみ屋の瑞穂が足袋を履くことを選んだのだから。運動会の日、足袋を履いてスタートラインに並んだ瑞穂はいつもとは別人のように凛々《りり》しく、恰好がよかったのを覚えている。

「おばさんも全然変わらんのですね」

お愛想をいったつもりだったが、おばさんはかすかに笑っただけだった。

「咲子さんは変わったわなあ。いわれなんだらわからんかった」

「変わりましたか、私」

おばさんは慌てて首を振り、二組の足袋を紙袋に入れながら、

「なもなも、すっかり大人になってて、そりゃ変わるわねえ。はい、三千円です、毎度おおきに」

おばさんが慌てなかったなら、大人になって垢抜《あかぬ》けた、きれいになった、くらいの意味に調子よく取っていたに違いない。でも、なんだろう、私は何かもう少し違う意味で変わったのらしい。

紙袋を抱えて店を出る。硝子戸に取りつけられた鈴がちりんと鳴ってポチがひわん

とお義理のように吠えた。

来た道を戻りながら、何が変わっただろうか、と考える。変わって悪いか、とも思う。なにしろ高澤商店へ来ていた時分の私は小学生だったのだ。おばさんが知っていた私と今の私とは変わっていて当然だ。何も私が悪いわけじゃない——そう考えた自分に首を捻《ひね》りたくなる。どうして私が悪いことになるのか、もしくは自分でもどこかで何かを間違えたと思っているから些細《ささい》なひとことが気になるのか、わからないまま歩く。

ともかく、早く帰ろう、瑞穂が待っている。そう思って足を速めようとしたときだった。雪を避けたつもりの左足のヒールがぬかるみを踏んだ。滑りそうになり、慌てて出した右足の置きどころも悪かったらしい。何よりピンヒールがいけなかった。あっと思ったときにはバランスを崩し、どすんと尻もちをついていた。痛みより恥ずかしさが先に立ち、とっさに身を起こして辺りを窺《うかが》った。前にも後ろにも人はいない。ほっとしたのと同時に、お尻と足もとが大変なことになっているのに気がついた。ワンピースのお尻からじわじわと冷たさが染《し》み込んできている。おそるおそる手で触ってみると、泥でぐちゃぐちゃだ。踏み固められた道とはいえ、雪が混じれば泥だまりができる。そこを踏んで転んだのだ。それから、靴。確かめる前からわかっていた。

脱げて無惨《むざん》に転がっている。ヒールが折れている。直るだろうか、と持ち上げてみたけれど、たぶん無理だ。革も破けてしまっている。

はああ、と吐いたため息が軽い。意外に平気だ。こんなところで派手に転んでヒールを折り、泥だらけですわっている自分がおかしくさえある。小さなバッグを拾い、転んでも離さなかった足袋の袋を持ち替え、折れたヒールを持ち、なんとか立ち上がる。歩き出そうとして、また転びそうになる。靴というのはヒールが壊れたら歩けなくなるものらしい。さらに一歩、試しに踏み出してみて、あきらめた。いや、あきらめちゃいけない。早く瑞穂の家に戻らなくては。私は――私が買って帰る足袋は――待たれているのだ。

とりあえず電話して、とバッグに手を伸ばしてから気がついた。携帯に瑞穂の電話番号は入っていない。瑞穂どころか、この町には誰ひとりとして私の携帯に登録されている人はいなかった。実家にかけたこともなかったのだ。けー、けきょ。鶯《うぐいす》が鳴いた。私は足袋とヒールとバッグを持った両手をだらんと下げて、澄んだ空を見上げる。

なんだか、やっぱり、少し間違った場所にいるみたいだ。踵《かかと》のない靴で立ちつくしたまま、ぼんやりと自分の間違いについて思う。この町のことも、この町に住む家族のことも、切り捨ててきた。それなのに、都合のいいときだけつながろうとしている。

かぺかぺに生きていきたいくせに、観光で訪れた田舎町では老犬の頭を撫でてみたりするように。

バッグから携帯を取り出した。とりあえず実家の父母に窮状を話し、誰かに迎えに来てもらおう。足袋だけでも届けてもらわなければ瑞穂が困る。お願いだからつながって、と祈るような気持ちで実家の番号を押す。——だめだ、出ない。呼び出し音が鳴るばかりだ。どこへ行ったんだろう、と考えてはっとする。きっと花嫁の家へ出発したに違いない。もうそんな時間になっているのだ。どうしよう。どうすればいいんだろう。

答は、ひとつだった。走るしかない。私が走って届けるしかないではないか。

覚悟を決め、靴を脱ぐ。それを両手に持ち、おそるおそる足を前に出してみる。痛い。足の裏が痛くて、とても走るどころじゃない。花嫁の支度のためなら少々の痛みは我慢しなくてはと思うのだが、地面は冷たく、小石も混じっている。気持ちだけ走ってすぐに歩き、また走ってまたすぐ歩き、せめて靴下でも履いていればずいぶん違ったのになあと思ったときだった。不意に思いついた。思い出した、というべきか。足袋を持っているじゃないか。

持っていた靴とヒールを道の脇に置き、買ったばかりの袋を開ける。サイズの大きいほうの足袋を取り出す。これを履けば、走れるだろうか。足袋の力を借りたとしても、いつのまにか体力をなくしてしまった私が走れるとはとても思えない。だけど、それでも、今走らなくてどうする。何のための韋駄天《いだてん》か。ただ自分を鼓舞するためだけに私は道端で白い足袋を履く。足もとからぴりっとした緊張感が上ってきて、走ろう、走れる、という気持ちになっている。

田んぼの中を通る太い一本道を、白い足袋を履いて走り出す。思うようには足が前に出ていかない。それでも、なんとか走れるみたいだ。糊《のり》の利《き》いた足袋が走る気持ちを守り立ててくれるのがわかる。気持ちが変わるから走れるのか、走るから気持ちが変わるのか。ついさっき来た道なのに風景までが違って見える。匂いを感じる。土の、草の。雪の、水の。空の、風の。足袋を履いて誇らしげに走った小学生の頃の自分が、ふっとよみがえったような気がした。

息が切れ、喉《のど》が渇いている。でも、足を止めるわけにはいかない。一刻も早く、この足袋を届けたい。それが私の心からのおめでとう、だ。瑞穂、ごめん。いざというときの瑞穂はまぶしいくらい恰好がよかったよね。その姿を誰よりも間近で見ていた私こそが、瑞穂の選択を無条件で祝福するべきだったね。

田の脇をちょろちょろと流れる水の音、足の裏から伝わってくる土の力、草の芽がまっすぐに伸びていこうとする力強い息吹《いぶき》。そういうものに私はたしかに励まされ、勇気づけられている。ああ、大げさだ、大げさなことをいっていると自分でも思う。郷愁に駆られたのではない。田舎はいい、などと掌《てのひら》を返すつもりもない。ただ、走って、汗をかき、新鮮な空気を胸いっぱい吸い込んだら、私の中のかぺかぺが剝《は》がれ落ちてしまったみたいなのだ。今はとにかく、走って走ってこの足袋を届けなくては。花嫁はきっと微笑んでくれる。そして自信に満ちた表情で新しい足袋を履くだろう。瑞穂の花嫁姿はきっと、凜々しくさえあるだろう。

夕焼けの犬

重い鉄扉《てっぴ》を後ろ手に閉め、思ったより強く風の吹く屋上へ足を踏み出す。日はまだ高いと思っていたのに、すでに風は宵の湿り気を帯びはじめている。白衣の裾《すそ》を抑えながら、西側の柵《さく》にもたれるようにして立つ。はるか遠くに霞《かす》む建物の上の空がぼんやりと朱色に染まっている。

あの朱色の下はどんなだろうなあと思う。朱色の街にもこんなふうな屋上があって、こんなふうな女が柵にもたれ風に吹かれているだろうか。

そう思っただけだ。何も余計なことは考えなかった。それなのに、頬が濡《ぬ》れていた。

「どうしたのよ、いったい」

声に出して笑ってみる。悲しいことがあったわけじゃない。いやなこと、つらいことが特にあったわけでもない。手の甲で涙を拭《ぬぐ》い、鮮やかな朱色が広がっていく空を見上げる。

「きれいだなあ」

語尾が震えた。やっぱり、泣いている。わからない。どうして私は泣いているんだろう？　理由が見あたらない。ひとりになりたくて、こっそりとここへ上ってきたのに、胸がキュウと絞られるような感じになってしまう。誰かに、会いたい。とても会いたい。でも、誰に会いたいのか、自分でもわからない。あの朱色の空が、屋上に吹く風が、こんな気持ちにさせるのだろうか。

柵にもたれ、街を見下ろしながらほうっと息を吐き出す。ビルにも家にも明かりは灯《とも》っていない。日が暮れはじめていることに人は気づいていないのらしい。川に沿って緑地が続いている。そのこちら側は建て込んだ住宅地だ。黒っぽい屋根がたくさん見える。手前に小学校。公園。それからまた家の屋根がたくさんあって、隙間《すきま》を縫うように道路が通り、それがこちらに伸びている。車が何台も行き交っている。白い車が多い。柵から身を乗り出すようにして、そのうちの一台の車を追う。車はずっとこちらへ向かって走ってきて、建物の陰に入って見えなくなる。真下の敷地内では紺色の制服が動いている。警備員だろう。その脇《わき》からお年寄りらしき人影が歩いていく。

ふと顔を上げると、空の朱がさっきより広がっている。静かに深呼吸をする。もたれていた柵から身体を離し、手についた錆《さび》を払う。涙は止まっている。肩が少し軽くなっている。鉄の扉のほうへ歩き出す。ノブに手をかけようとしたところで、扉が内側から開いた。

扉の向こうから現れたのは、一瞬誰だかわからないほど生気の削《そ》がれた顔だった。蔵原さんだ。白衣の上から紺のカーディガンを羽織っている。私が驚いたよりもさらに向こうは驚いたらしい。はっと息を飲む気配があった。

かける言葉が見つからず、会釈《えしやく》だけで扉越しにすれ違う。涙の跡は乾いていただろうか。見てはいけないものを見たのか、見られたくないものを見られたのだったかわからなくなり、そそくさとその場を離れた。階段を下りようとしてそっと振り返ると、彼女は扉の外、屋上に広がる夕焼けの空を見上げながら出て行くところだった。音を立てて扉が閉まった。

病棟に戻ると、若い看護師たちが華やいでいた。

「どうかした？　なんだか楽しそうね」

「あ、比々野先生。いえ、さっき、来たんですよ、高田さん」

「高田さんって、あの」

いいかけると、彼女らはいっそう楽しげに笑った。

「そうです、あの」

先月まで、ここ三階第三病棟に入院していた患者だった。歳《とし》は七十、冬でも日焼けしたような顔の小柄な男性だ。入院してきた頃は口うるさくて厄介な患者だと煙たがられていたのに、どういうわけかだんだん丸く人懐《ひとなつ》っこく変わっていき、退院前にはしょっちゅうナースステーションに入り浸っていた。

「定期受診に来たついでに寄ってくれたのかしら」

複数の看護師たちが、ふふふ、と笑っている。

「連れてくるんですって、ほんとに」

「先生、覚えてます？　ほら、高田さんの甥御《おいご》さんの話」

ああ、と曖昧《あいまい》にうなずく。甥だったかどうだか覚えていないが、身内の話をしていたのは知っている。

「子供の頃から優秀で」

「運動神経抜群で」

「しかもハンサム」

彼女たちは口々にいいあう。

「若い頃の高田さんにそっくりなんですって」

「ああ、それなら間違いないわね」

私がいうと、みんなさらに笑った。

それにしても、高田さんはどうしたのだろう。甥を紹介するなんて口実に決まっている。用もないのに入院病棟まで来るというのはちょっと考えにくい。退院していった患者が姿を見せることなど滅多にない。再び入院してくる以外には、たとえ一階の外来まで診察を受けに来ていたとしてもだ。忙しい現場を邪魔してはいけないという配慮なのか、重篤《じゅうとく》な患者もいる病棟を気軽に訪れるのは気が引けるのか、あるいは病気だった不本意な自分の姿を知られているところへ戻りたくないのか。真意はわからない。でも、いったん退院した人が顔を見せに来るのが稀《まれ》なことだけは事実だ。

「ほかに何かいってなかったかな」

「高田さんがですか？　うーん、べつに、ねえ」

うん、特に変わったことは、ねえ、と彼女らは口を揃《そろ》えた。

呼吸器内科の入院病棟は冬場がいちばん忙しい。慢性の呼吸器疾患を抱える患者に加え、急性の疾患が現れやすくなる。風邪は気道の炎症を引き起こしがちだ。それから、喘息《ぜんそく》。季節の変わり目の気圧の変化や乾いた冷たい風で症状が出やすくなる。外来は常に混雑し、体力のないお年寄りと幼児が次々に入院してくる。

息つく暇もないような忙しい日々が冬じゅう続き、春一番が吹く頃にようやく終息を迎える。外来も病棟も徐々に落ち着きを取り戻し、スタッフにも余裕が生まれる。

屋上へ出るのもこんなときだ。忙しいときには張りつめている糸が、ふっと緩む瞬間がある。何も考えられなくなって、逃げるように階段を上っている。屋上へ出てしばらく空や街を眺めるうちに、私の外側で起きていることと、内側で起こっていることとの溝が埋められていく感じがある。どうしてだかはわからない。屋上に出られないと、外側と内側がどんどん乖離《かいり》していくような恐怖に襲われるのだ。ほんの数分、風に吹かれるだけで、自分とうまく折り合いをつける手がかりを得られるような気がして安堵《あんど》する。

この職場で働く人たちは皆、程度の差こそあれ、そうした自分だけの儀式を持っているのではないかと思う。忙しいだけではなく、ここでは否応《いやおう》なく他人の生死に向き合わされることになる。死んだから悲しいとか、生きているから素晴らしいとか、そんなことをいうつもりはない。ただ、熱意を持って取り組もうとすればするほど、少しずつどこかがすり減っていくような、摩耗していく自分を感じることがあった。

患者には患者の、人生がある。私たちは医療従事者として必要に応じて彼らの人生の一場面に手を貸さなくてはならない。でも、介入してはならない。その加減はかなり難しい。たとえば患者の経歴や既往症はもちろん、家族構成や趣味や食べものの嗜《し》好《こう》など些《さ》末《まつ》に見える情報が、きちんとした治療には重要になってくる。それを個人情報と呼ぶのか人生と呼ぶのかは人それぞれだけれど。

私たちは患者の、その瞬間の人生に触れる。あるいは個人情報に。そしてそれを最大限に活用し、治療に活《い》かした後はきれいに離れる。以前に診た患者の人生は、だから記憶にではなくすべてカルテに残される。そういうやり方をしようと心がけている。

病気を診てその人を診ないなどと批判されることの多い総合病院での診療を、少しでも改善したいと皆考えている。けれどからだはひとりひとり異なっている。こころもひとりひとり異なっている。その人そのものを診ることなど、普段からつきあいのある相手に対してでもむずかしいのに、これまでまったく知らなかった人を診るとすれば、その人の生をいったん丸ごと受け入れない限り不可能に近い。

なるべくその人の主体性を重視しようと、治療方針を立てる際は、患者本人にも積極的に参加してもらうようにしている。どんな治療を受けたいか、どんな手段でどこまでの治癒を望むのか、そしてそれが可能かどうか、患者とその家族、医師と看護師に加え、ときには調整役のケースワーカーとでミーティングを持つ。

できるだけ患者の要望に添えるようスタッフは努力をしている。しかし、どんな治療を受けたいか、答えられないのは当の本人であることが多い。具体的な治療法を知らないのは当然のことだ。だからスタッフからわかりやすい説明がなされる。その治療法のメリットとデメリットを必ず話し、選択肢を提示する。それでも、今後どうしたいのか、患者から明快な回答を得られることはあまりない。

迷うのはわかる。しかし、今を非常事態と考えて、方法よりも結果を、それも目に見える結果を――つまりは生き延びることを――選んでほしいとスタッフは願う。結果よりも過程だ、という声があるのももちろん知っている。行き着く場所が決まっているなら、そこまでの道のりはせめて楽なほうを選びたいという気持ちもわかる。しかし、私たちが行き着く場所は、ほんとうに同じなのだろうか？

私には、彼らの目指す目的地が見えない。彼らの視野もたぶん狭まっている。この場所が、ほんのいっとき立ち寄っただけの通過点であるつもりの彼らとは、視線さえなかなか合うことがない。

「人生の旅路には交通整理がいるんですよね」

そう表現したのはベテラン看護師の三上さんだ。

「……なんだかかっこいいですね」

私の言葉に、三上さんはてれくさそうな笑みを漏らした。

「たくさんの人がここを訪れるでしょう。ここはターミナルステーションみたいなものですから。たいがいは年を取って、病に倒れたり、疲れて休みたくなったりした人たちですね。私たちは彼らを受け入れて、ひとりひとりのためにできるだけのことをします。でも、しばらく滞在した人たちは、どんな形にせよ、やがてここを出ていくんですよね」

「なるほど、彼らの道を捌《さば》いて、進ませるための交通整理なんですね」

感心して相槌《あいづち》を打つと、三上さんは首を左右に振った。

「違うんですよ、先生。残る私たちのための交通整理なんです。ここは一時の避難所だとみんなわかっているから、それ以上の感情移入はお互いに避けるでしょう。比々野先生も、患者さんとあまり親しくならないよう、共振しないよう、心がけてるんじゃないですか」

そういって三上さんは手元の書類から顔を上げ、私を見た。

「それでもね、先生、深入りしないつもりで、しているんです。患者さんの——いえ、旅人のことを真剣に考えるなら、どうしてもその人がどこから来てどこへ行こうとしているのか、考えないわけにはいかないんですから。だから私たちはときどきとてもしんどい。私たちこそ、この胸の中の交通整理が必要なんです。そうでしょう？」

三上さんはそこまでいうと、にっこりと笑った。

「だから、先生、たまにはゆっくり休んでください。整理のつかない気持ちが溜《た》まっていくと、身動きが取れなくなりますよ」

ありがとうございます、と答えることしかできなかった。三上さんこそ、溜まっていくものをどう整理しているのだろう。

ふと、さっき屋上ですれ違った蔵原さんの姿がよみがえった。険しい表情をしていた。彼女だけの方法で、屋上に何かを解き放ちに行く、そんなふうに見えた。ちょうど今、少し手の空《す》く季節だから。何もないときにこそ、ぽそっと心に穴があくような感じがする。きっと彼女も同じなのだ。

夕方の回診に出ようとして、何かが引っかかるのを感じた。さっき私が屋上へ行ったのと入れ違いに、病棟には高田さんが来ていたという。蔵原さんも入れ違いだったろうか。会いはしなかったか。高田さんは蔵原さんを気に入っていたはずだ。だからどうしたというわけではない。ただ、会わずに屋上に行くのと、会ってから屋上に行くのとでは、少し意味が違うような気がした。

屋上を必要とするのは、何もないときに限らない。むしろ、何かがあったときに必要になる可能性が高いのではないか。

回診に出ようとしていた足が、屋上へ続く非常階段のほうへと向く。薄暗い階段を見上げる。このまま階段を上っていくのはむずかしいことではない。しかし、もしも私だったら、私が屋上で空や街を眺めているときだったら、誰かが来れば台無しだろう。彼女も同じに違いない。無事に儀式を終え、またいつもの穏やかな顔で戻ってくるのを待とうと思った。

どの病棟にも、人気のある看護師はいる。面倒見がいいとか従順であるとか顔が可《か》愛《わい》げであるとか、そういうことが主な理由かと思っていたが、そうでもないらしい。

「点滴のうまい看護師さんがいちばんだよ」

そう断言する人もいる。入院が長くなればなるほど、手技の熟練を重視するようになる心理はよくわかる。

「とにかく明るい人がいい」

それもわかる。楽しいことなど滅多に探せそうもない入院生活に、明るい看護師が好まれるのは道理だ。

しかし、うちの病棟の人気ナンバーワンは蔵原さんだという。彼女は検温と問診の巡回時にあちこちで呼びとめられ、ナースコールでは指名され、いつも人より多く仕事を抱えることになってしまうらしい。ちょっと意外だった。たしかに仕事は丁寧だし、まじめで感じのいい人ではあるが、それほどの人気の秘密がどこにあるのかはよくわからなかった。

それを聞いて以来、彼女に少し注意を向けるようになった。名指しで彼女を呼ぶ患者を見かければ、やんわりと釘《くぎ》を刺す。看護師は指名制ではありません、蔵原さんはみんなの蔵原さんですからね。そういうと、たいていの患者はきまり悪そうに笑う。まわりが気をつけてあげないと、蔵原さんという人は指名を受けるだけ受けてしまう、そんな印象があった。

ところが、一度、堂々と指名が入ったことがある。リクエストしたのが高田さんだった。ただし、点滴や看護にではなく、今後の治療方針を決める例のミーティングにだった。

「申し訳ないんですが、ミーティングに参加する看護師は師長、あるいはその代理でなければならないんです」

私がそう告げると、

「どうしてよ、俺は蔵原さんに一緒に聞いてほしいんだよ」

まるで駄々をこねる子どもの口調だった。蔵原さんにとっても負担になるだろう。なんといっても彼女はまだ若く、経験が少ない。役に立たないばかりか本人も精神的にダメージを受ける場合がある。そう説得してみたが、高田さんは蔵原さんがいいの一点張りだった。

結局、師長が予定通りミーティングに参加し、そこに蔵原さんも同席することで収まった。彼女は終始無言だったが、それでも高田さんは満足そうだった。

そんなことを思い出して、やはり胸騒ぎがする。二十分ほどで回診を終え、ドクタールームに戻る前にナースステーションに寄った。蔵原さんはいなかった。

「蔵原さん、見かけた?」

その場にいた看護師たちは皆、首を横に振った。まさかまだ屋上から戻っていないということがあるだろうか。

足早に非常階段へ向かいながら、いったい何があったのかと思う。高田さん、わざわざ病棟に現れて何をしていったの。高田さんと蔵原さんの間に何かがあったのかどうかもまだわからないのに、私は高田さんへ怒りの矛先を向ける。

今だよな、といったのは、高田さんだった。患者のことは極力忘れるようにしているから、記憶は断片でしか出てこない。でも、たしかに高田さんだった。屋上へと続く階段を上りながら、そのときの言葉を思い出している。

「今だよな、先生」

そうだ、たしかにそういっていた。退院前、回診で病室をまわったとき、不意に彼が、俺にはわかるよ、といったのだ。

「今が大事なんだ。先生は精いっぱい考えてくれている。今、目の前の患者にできることは何か、それで頭がいっぱいだ」

ちょうど胸に聴診器を当てているときに喋《しゃべ》られて困った。静かにしていてほしかった。

「ほんとにいい先生だと思うよ」

私の困惑した顔を見てか、高田さんはとってつけたようにそういった。私は聴診器を耳から外し、どうもありがとうございます、といった。誉《ほ》めてくれていると思った。今、目の前の患者にできることを最大限に考える、それは私の理想だった。

そんでもさ、と彼は笑った。耳の後ろを掻《か》きながら、続けた。

「今だけじゃないんだ。今まで、とか、今から、とかもさ、あるんだよな、俺たちにも」

それは、わかっている。わかりすぎるほどわかっている。だけど何もいえなかった。患者ひとりひとりの今までや今からを背負うわけにはいかない。そんなことをすれば私たち自身が道に迷ってここへ戻ってこられなくなるだろう。

「いや、なんでもない、ちょっといってみたかっただけ」

高田さんは、隣の空いたベッドに視線を向けた。つい先日まで、そこにも人がいた。高田さんと同じ病気だったのだけど、駆け足で悪くなっていった。残された高田さんを気遣い、病室を移ったほうがいいのではないかと提案したこともある。高田さんは答えた。

「俺まで部屋を移っちゃったら、この部屋にいたあいつの気配が消えちゃうだろ」

気配という言葉が高田さんの口からこぼれたときに、病室の中にゆらゆらと揺れる淡い陽炎《かげろう》のような存在を私はたしかに感じていた。あれが、「あいつの気配」だったのかもしれない。考えたくはない。彼らの人生を記憶するつもりがなくとも、彼らの気配は残っていくんじゃないかということ。病室にというより、たぶん、関わった人々のからだのどこかに。私の中にもだ。どんな形でかはわからないけれど。その気配の濃い人を、もしかすると患者は嗅《か》ぎ分ける。自分が去った後にも、自分の気配をどこかにとどめておいてくれるような人を。

それが蔵原さんなのではないだろうか。


鉄の扉を開けると、ひんやりした空気が入り込んできた。コンクリートに足を下ろす。夕闇《ゆうやみ》が降りて粒子の粗くなった視野に人影があった。柵《さく》にもたれ、紺に近くなった空を見上げているようだ。近づいていくと、その影が無防備に振り返った。

「あ、比々野先生」

そういって私に向かい微笑んだ顔には屈託が見えない。よかった、と思う。気配に取り憑《つ》かれているこの人を想像してしまったから、とにかくこんなふうに微笑む力があってよかったと思う。柵に並び、同じように立って空を見上げる。

「ほら、向こうのほうに、ほんの少しまだ夕焼けが残っているでしょう」

蔵原さんの指したほうを見ると、雲の上の一角にだけ赤みが残っている。

「ほんとだ、きれいだなあ」

蔵原さんはもう黙っていた。横顔を盗み見ても、半時ほど前の思い詰めたような表情はどこにもない。そのすがすがしいような顔に、この人は旅立ってしまった人の気配をここで空に返しているんじゃないかと思ってしまった。

「四十九日だったんですって」

「え」

「濱岡さんの」

ああ、とうなずく。高田さんと同室だった人だ。たしか、うなぎの研究をしていたという穏やかな紳士だった。高田さんより後に来て、高田さんより先に行ってしまった。

「うなぎの形の雲でもあれば、見送るのにうってつけなんですけど」

蔵原さんが明るい声でいう。

見上げた空の片隅に残る、雲の、朱色の中にふと何かが動いたような気がした。

「犬みたい。うなぎじゃないよ、あの雲、犬だよ」

思わず雲に手を振りたくなった。それは、懐かしい犬の姿をしていた。カシコという、子供の頃に飼っていた犬だ。うんと可愛がっていたのに、ある日の午後遅く夕闇に紛れるように出ていってそれっきりだ。いくら探しても見つからなかった。日も暮れた頃に幹線道路の脇を急ぎ足で歩いていたのを見かけたという人もいた。名前を呼んだけれど振り返らなかったから、よく似た犬なのだろうと思っていたけれど、そうか、カシコはいなくなったのか。それじゃあやっぱりあれはカシコだったのだな、という。あの子は今どうしているだろう。あの夕焼けの雲の上で駆けまわっているだろうか。

「どこか温泉にでも行ってゆっくりしたいですね」

蔵原さんのひとことで我に返る。

「いいね、温泉」

ほんとうなら温泉へ、欲をいえばできるだけ人に会わずにすむような場所へ、ひとりで出かけていってそこにしばらくとどまりたい。けれども、屋上からの景色を眺めるだけで——夕焼けの中のカシコに手を振っただけで——少し遠くまで出かけたような心持ちになっていることに気づく。

この人も同じだろう。病院がターミナルステーションだとしたら、私たちは人々の流れを整理しつづけなくてはならない。そのために屋上に出る。ここを通過していく人たちの気配をいつまでも抱えていくわけにはいかないと思う。

いろんな人にいろんな生があって、そこに触れるたびに畏《おそ》れを感じる。共振しすぎるとよくない、背負わないようにしよう、と思いながら、ほんのいっときだけ患者の生を旅してきたような錯覚に陥ることもある。もうすぐ河口へとたどり着こうとしている生がほとんどだとしても。その気配を、ゆるやかに携え、暴れようとするものは整理をし、そうやって生きていくしかないのだろう。

夕焼けの雲は川の向こうの空に浮かんでいる。あの空の下でもこの街と同じように人々が生きて暮らしている。川の向こうにもここと同じような総合病院があり、その屋上で私や蔵原さんのような誰かが柵にもたれて空を眺めているかもしれない。

白衣のポケットで院内専用の携帯が鳴る。

「呼ばれちゃった」

携帯を確かめる私を蔵原さんが振り返り、

「よかったですね、夕焼けが終わってからで」

といって微笑んだ。

解説

豊﨑由美

「跳ねたなあ」

デビューして数年たったくらいの作家の小説を読んでいて、破顔一笑することがたまにあります。

三人姉妹の長女、麻子の中学生時代から社会人へと至る歩みを、家族や恋愛といった人生における四つのスコーレ（学校）に主眼をおきつつ描いた『スコーレNo.4』（二〇〇七年）。TBS「王様のブランチ」や書評誌『本の雑誌』などで絶賛され、当時デビュー三年目だった宮下奈都を一躍人気作家にしたこの話題作を読んだ時、「うまいなあ。繊細だなあ。優しいなあ」と舌を巻いたものの、書評家としての「紹介したい」欲がそそられることはありませんでした。というのも、『スコーレNo.4』の魅力と美点は、おそらく誰が評しても同じだと思ったからです。小説家に誰も書いたことのないような作品を創りたいという欲があるのと同様、書評家にも他の評者が書けないような書評をものしたいという欲はあります。つまり、その「欲」が発動しなかった。厳しい物言いかもしれませんが、『スコーレNo.4』には深い読みを要する奥行きがまだ足りないと感じたんです。

という次第で、わたしはしばらくの間、この作家を見失っていました。ところが——。信頼できる同業者から勧められて、ひさしぶりに読んだ宮下奈都に破顔一笑。そして、呟《つぶや》いたんです。「跳ねたなあ」と。

わたしには、良い短篇小説には必ず「近景」と「遠景」が存在するという考えがあります。「いま・ここ」と「いつか・どこか」が共にあることで、時間と空間に奥行きが生まれ、それによって、短い物語が長篇小説に負けない読みごたえを備えるに至り、深い読解をも誘発する。奥行きをもたない短篇小説は、当然ながら書き割りのようにぺらぺらで味気ない。心にも残らない。そういう考えです。そして、わたしがひさしぶりに読んだ宮下作品『遠くの声に耳を澄ませて』の冒頭におかれた一篇、「アンデスの声」には、まさにその奥行きがあったんです。

語り手の〈私〉には、生まれ育った地元からほとんど出たことのない祖父がいます。働き者で、八十近くになっても、お盆と正月のたった二日間しか田畑仕事を休みません。そんな祖父がある日、倒れてしまうんです。祖母からその知らせを受けた時、

〈私〉の目の前に〈古いファイルがクリックされ、カチッと動画が開かれる〉ような感覚で、ある光景が広がります。

〈青い空をバックに高い山がそびえ、裾野《すその》から澄んだ湖が広がっている。湖の畔《ほとり》には赤い花が咲き乱れ、そこに群がるように虫や小さな鳥が羽ばたいている〉

でも、その鮮やかな映像は一瞬のうちに消え、〈私〉にはそこがどこなのかどうしても思い出せません。

病院へ向かう車の中で思い返す、幼い頃の祖父母との暮らし。そして記憶に蘇《よみがえ》る、祖父から聞かされたキトという名の古代から栄えた都市の話。〈私〉の「いま・ここ」が、祖父にとっての「かつて・どこか」に、すっと重なり合うラストが、読者に見せる光景の立体感と、物語の奥から押し寄せてくる温かな感情に、わたしは素直に打たれました。そして、「この本の書評は自分が書きたい」という強い欲に心を突き上げられたんです。

二番目におかれているのは、パン教室で知り合った年下の友人・陽子ちゃんから、「波照間島にいまから来ない？」という電話がかかってきてとまどう〈私〉が主人公の「転がる小石」。パン職人の丁寧なプロの仕事に接して〈上等だと思っていた世の中を、実はなめていたのかもしれない。適当にやっていれば、適当にやっていける。

社会人生活十年目にしてそんなふうに思いかけていたところだった。適当にやってちゃ、あのパンは焼けない。いつどんなときに食べてもしみじみとおいしいものが、適当につくられるわけがなかった〉〈世の中にはいろんなすごい人がいて、ぱっと思いつくアイデアのすごい人もいれば、地道な作業を淡々とこなすパン屋の主人みたいな人もいる。あたりまえといえばあたりまえなのに、ぱっとするほうに目を奪われて、パン屋の主人に気づかない。少なくとも私はパン教室に参加しなければずっと見過ごしたままだったろう〉。そういう〈パン屋で打たれた〉気持ちで結ばれて親しくなったはずなのに、少しずつずれていってしまった〈私〉と陽子ちゃん。この一篇の中にも、奥行きは用意されています。出会った三年前の二人と現在の二人。東京と波照間島。時間と空間と人の心の距離が一本の線で結ばれて、この物語が終わった後の未来までずっと続いていく。小説の体裁としては終わっているけれど、この先も続いていく〈私〉と陽子ちゃんの将来にまで気持ちを馳《は》せたくなる。そんな作品になっているんです。

　世界中を旅したいと家を出て行った息子からのイタリアが消印の葉書を受け取ったことで、二十歳の頃、恋人と旅した幸福なシチリア旅行のことを思い出す〈私〉（「どこにでも猫がいる」）。出張先の北陸の町で、つきあっている女性・みのりと、小学生の頃転校してきた女の子のことを考えている〈僕〉（「秋の転校生」）。入院患者からの人気が高く、それゆえに深い疲弊感を抱えている、共感力が高くて真面目《まじめ》な看護師の〈私〉（「うなぎを追いかけた男」）。恋人とのしっくりいかない関係のせいで、〈体の芯《しん》のあたりがむずむず動こうとしている。胸からクシャミが出そうな感じ、胸の骨の裏側あたりが痒《かゆ》いような感じ〉に悩まされるようになり、思いきって、台北《タイペイ》にいるという黙って座ればピタリと当てる式の医者を訪ねていく〈私〉（「部屋から始まった」）。大学時代は「級長」というあだなだった努力家でしっかり者の友人から、旅先の温泉で、思わぬ、しかし喜ばしい秘密を打ち明けられて高揚する〈私〉（「初めての雪」）。教え子が教えてくれた公園にいる足の速いおじさんの話をきっかけに、スペインからの便りを最後に音信不通になってしまった叔父さんのことが知りたくなる家庭教師の〈私〉（「足の速いおじさん」）。若いインタビュアーにこの仕事についたきっかけと、それにまつわる苦い恋の思い出について語っている料理家の〈私〉（「クックブックの五日間」）。後輩から想《おも》いを寄せられたことで、一人で過ごして一人で行動するのが好きな自分の中にもあった、ある気持ちを思い出すことになる〈私〉（「ミルクティー」）。大嫌いな故郷の田舎に、仲がよかった又従妹《またいとこ》の結婚式に出るために帰省した東京暮らしの〈私〉（「白い足袋」）。「うなぎを追いかけた男」の舞台になっている病院で働いている呼吸器内科医の〈私〉(「夕焼けの犬」)。

収録十二作品に登場する語り手とその周囲の人たちは、職業や境遇はさまざまですが、どこかにいそうな、まさしく等身大の人々です。そんなわたしたちと目の高さがほとんど変わらないキャラクターの日常が、作者の「近景」と「遠景」を意識した奥行き深い語りによって、ガツンとリアルな手応《てごた》えで胸に届くんです。しかも、この短篇集にはもうひとつ仕掛けがあります。それは、キャラクターの越境。

(次の段落、自分で「越境」ぶりを発見したい方は飛ばして下さい)

「秋の転校生」で〈僕〉に思い出してもらう転校生と、「白い足袋」の〈私〉の又従妹は、「アンデスの声」の語り手・瑞穂。「うなぎを追いかけた男」のタイトルヒーローにあたる入院患者・濱岡さんは「どこにでも猫がいる」の〈私〉が住んでいるマンションの住人兼管理人にして、「クックブックの五日間」における〈私〉の二十歳の時の恋人。「部屋から始まった」に出てくる、〈私〉の恋人を奪おうとしている疑惑が持たれている若いOL・佐和子ちゃんは、「うなぎを追いかけた男」の〈私〉の妹。「初めての雪」で〈私〉を驚かせる友人・梨香は「転がる小石」の語り手。「足の速いおじさん」の〈私〉が父母と暮らしているのは、「どこにでも猫がいる」の語り手と同じマンション。「ミルクティー」の〈私〉と同じ郷里出身の友人として語られるみのりは、「秋の転校生」における語り手〈僕〉の恋人。「夕焼けの犬」と「うなぎを追いかけた男」は舞台となる病院も登場人物も同じ。そして、「部屋から始まった」で〈私〉が訪ねていく台北の名医（迷医？）は、その他の作品にもちょこちょこ顔をのぞかせています。

いまといつか、ここどこか、かつての自分といまの自分が呼応しあうことで奥行きが生まれているばかりか、この話の登場人物とあの話のキャラクターが関係することで短篇集全体の広がりとつながりまでできている。実に読み甲斐《がい》のある、書評し甲斐のある一冊に仕上がっているんです。

「秋の転校生」の語り手が恋人のことをこんな風に思う場面があります。

〈みのりは、無口で、どちらかといえば目立たないほうだ。僕は無口な子が好きなんじゃないし、目立たないから選んだわけでもない。ただ、みのりを見るとどきどきした。細くて、トビウオみたいな子だった。この子はいつか跳ねるだろう。その予感にどきどきしたのかもしれない。普段はおとなしい彼女が、いつか波の上で跳躍する姿を見たいと思った〉

宮下奈都が「跳ねる」姿を、わたしはこの『遠くの声に耳を澄ませて』ではっきりと見ました。どうぞ皆さんも、〝予感〟にどきどきしながらこの短篇集を読んでください。そして、文庫解説者としての職権乱用で、宮下さんにひとつお願いがあります。土鍋《どなべ》でご飯を炊き、〈夢は、ごはんと糠漬《ぬかづ》けとおみおつけだけの朝ごはん〉と言い切るみのりの「跳ねる」姿を見せてください。彼女を主人公にした長篇小説を、いつか、読ませてください。

（二〇一二年二月、書評家）

この作品は二〇〇九年三月新潮社より刊行された。

小川洋子著　**薬指の標本**

標本室で働くわたしが、彼にプレゼントされた靴はあまりにもぴったりで……。恋愛の痛みと恍惚を透明感漂う文章で描く珠玉の二篇。

小川洋子著　**まぶた**

15歳のわたしが男の部屋で感じる奇妙な視線の持ち主は？　現実と悪夢の間を揺れ動く不思議なリアリティで、読者の心をつかむ8編。

小川洋子著　**博士の愛した数式**
本屋大賞・読売文学賞受賞

80分しか記憶が続かない数学者と、家政婦とその息子――第1回本屋大賞に輝く、あまりに切なく暖かい奇跡の物語。待望の文庫化！

小川洋子著　**海**

「今は失われてしまった何か」への尽きない愛情を表す小川洋子の真髄。静謐で妖しく、ちょっと奇妙な七編。著者インタビュー併録。

小川洋子著　**博士の本棚**

『アンネの日記』に触発され作家を志した著者の、本への愛情がひしひしと伝わるエッセイ集。他に『博士の愛した数式』誕生秘話等。

小川洋子
河合隼雄著　**生きるとは、自分の物語をつくること**

『博士の愛した数式』の主人公たちのように、臨床心理学者と作家に「魂のルート」が開かれた。奇跡のように実現した、最後の対話。

恩田陸著

六番目の小夜子

ツムラサヨコ。奇妙なゲームが受け継がれる高校に、謎めいた生徒が転校してきた。青春のきらめきを放つ、伝説のモダン・ホラー。

恩田陸著

ライオンハート

17世紀のロンドン、19世紀のシェルブール、20世紀のパナマ、フロリダ……。時空を越えて邂逅する男と女。異色のラブストーリー。

恩田陸著

図書室の海

学校に代々伝わる〈サヨコ〉伝説。女子高生は伝説に関わる秘密の使命を託された——。恩田ワールドの魅力満載。全10話の短篇玉手箱。

恩田陸著

夜のピクニック

吉川英治文学新人賞・本屋大賞受賞

小さな賭けを胸に秘め、貴子は高校生活最後のイベント歩行祭にのぞむ。誰にも言えない秘密を清算するために。永遠普遍の青春小説。

恩田陸著

中庭の出来事

山本周五郎賞受賞

瀟洒なホテルの中庭で、気鋭の脚本家が謎の死を遂げた。容疑は三人の女優に掛かるが。芝居とミステリが見事に融合した著者の新境地。

恩田陸著

私と踊って

孤独だけど、独りじゃないわ——稀代の舞踏家をモチーフにした表題作ほかミステリ、SF、ホラーなど味わい異なる珠玉の十九編。

遠《とお》くの声《こえ》に耳《みみ》を澄《す》ませて

新潮文庫　み－50－1

平成二十四年三月一日発行
平成三十年六月五日六刷

著者　宮《みや》下《した》奈《な》都《つ》

発行者　佐藤隆信
発行所　株式会社 新潮社
郵便番号　一六二―八七一一
東京都新宿区矢来町七一
電話　編集部(〇三)三二六六―五四四〇
　　　読者係(〇三)三二六六―五一一一
http://www.shinchosha.co.jp

印刷・大日本印刷株式会社　製本・加藤製本株式会社

ISBN978-4-10-138431-3 C0193